# 化粧坂情話《けわいざかじょうわ》

村上 輝行

# 目次

# 1

# 化粧坂《けわいざか》の狐

今年の旱魃《かんばつ》は酷《ひど》いものだった。このままでは納めるべき年貢の半分にも足りない。猛暑を働き通した百姓達も絶望に追いやられた。年貢が納められなければどうなるか、分かり切っている年寄りには、耐えられない心労《しんろう》が追い討ちを駆《か》ける。昨日、小作人が突然倒れそのまま死んだ。

葬儀《そうぎ》の終わった夜。満月が天空に在《あ》った。暗い雲が所々に浮かんではいるが、大きくもなく、じっと夜空に張り付いたままで、月を隠す気懸《きが》かりなど微塵《みじん》も無い。皓《こう》々と白い光を放つ月明かりの下では、反《かえ》って手に持った提灯《ちょうちん》は、邪魔をするかの様に頼りなく足元を照らしていた。

仏門に身を投じて五年。敬順《けいじゅん》は、備前の国・和気郡《わけのこおり》の北東にある八塔寺《はっとうじ》村、城ヶ畑《じょうがはた》の峠を抜け、明王院《みょうおういん》に向かう化粧坂《けわいざか》を上っていた。

時刻《とき》は、戌《いぬ》の刻《こく》（午後八時）になろうという頃。ふと人形《ひとがた》の月の影が消えた。木影《こかげ》かと思っていた影だった。木影なら揺れても消えるはずはない。

『狼藉者《ろうぜきもん》か？』

近頃《ちかごろ》、この坂にも追剥《おいはぎ》が出るという噂も聞く。敬順は、身構えようと、咄嗟《とっさ》に腰の刀を探った。

「アッ…。ふふふっ…。三つ子、百までか。もう、侍《さむらい》じゃぁ、在《あ》りゃあせんのに…」

小さく呟くと敬順は、恥ずかしげに苦笑いをして、錫杖《しゃくじょう》代わりの樫《かし》の杖《つえ》を構えた。今枝流《いまえだ》とも言う津山藩に伝わる初実剣理方一流《しょじつけんりかたいちりゅう》の杖術《じょうじゅつ》の心得もある。

「誰じゃぁ？」

返事は無い。それでも、確かに人の気配は在る。

「誰なら？　何の用なら？」

敬順は、脅《おど》す風もなく、静かな口調で問い掛けた。影は一つだ。数人の手勢なら勝ち目は無いが、消えた影は確かに一つだけだった。

その上、向こうから攻めてくる気配もない。一人が相手なら勝てないまでも、逃げ切る事は出来よう。敬順は、冷静に成り行きを計っていた。

消えていた影が木影の先に、こちらの様子を窺《うか》がうようにそっと浮かんだ。

「隠れても無駄じゃぁ、居《お》るのは分かっとるんじゃけぇ。早《はよ》う出て来られぇ…」

「………」

返事は無い。だが、盗賊《とうぞく》でもないし、腕に覚えのある者でもなさそうだ。それなら、もう姿を現しているはずだ。逆に、恐れ戸惑《とまど》っている様子。こちらの命の心配は無さそうだ。敬順はそう感じた。

なら、正体を見とどけてやろうか。狐か狸やも知れんが…。影に向かって敬順は、飛びかかった。いとも簡単に、影は捕《つか》まった。

「イヤ〜ッ」

悲鳴《ひめい》を上げて影は蹲《うずくま》る。杖越《つえご》しに羽交《はが》い絞《じ》めにした影のその感触《かんしょく》は、とても柔らかなものだった。その上、仄《ほの》かに心地のよい香りもする。

「もしかしたら…お前様は?」

敬順は、すっと手を解《と》いた。影は震えながらもゆっくりと、横顔を向けた。月明かりに照らされたその若い娘の顔は青褪《あおざ》め、眼には大粒の涙が浮かんでいる。

「やっぱり、女性《おなご》か!」

愕《おどろ》きの声を上げ敬順は、娘を突き放し後ろに飛び退《の》いた。

『禁断《きんだん》の俗物《ぞくぶつ》に触《さわ》ってしもぅた』

敬順はすぐに穢《けが》した我が身を悔《く》いた。それは、仏門に身を置こうとする者の当然の習い性《ならいじょう》だった。

ただ、習い性《ならいじょう》と本性《ほんしょう》とは別者らしい。両手には生々しい女性《にょしょう》の体の柔らかさがはっきりと残っている。穢《けが》らわしく忌《い》むべきその感覚は、何故かしら心地よく、若者の彼には抑《おさ》え切れないときめきを呼び起こしていた。事実、敬順の胸はどうにもならず激しい鼓動し続けている。

『なんでこげぇな事に…』

娘は娘で、思惑違《おもわくちが》いの成り行きに、只《ただ》々、戸惑《とまど》い怯《おび》えた。噦泣《しゃくりな》きを続け、どうしていいか判らず時折、恨《うら》めし気な顔を若い僧に向けるばかりだ。

丸みを帯びた正面の顔には少女の面影を残してはいるが、横顔はもはや大人びた風情を漂《ただよ》わせ、涙を浮かべた目許《めもと》には女の愛らしさをも浮き立たせている。

敬順と娘は、そのまま解脱《げだつ》なき永遠の煩悩《ぼんのう》の渦《うず》に引き込まれて、身動きも出来ない。無様《ぶざま》な動揺《どうよう》を余所《よそ》に、皮肉にも明月の光は、物音一つない無情の静けさの中、冴《さ》えた白黒画像《モノクローム》の夜景を映し出していた。

途方《とほう》に暮れた敬順が、娘を置き去りに、逃げ出したくなった時、夜露《よつゆ》に冷やされた風がすうーっと敬順の体を撫《な》でて流れ去った。見兼《みかね》たお釈迦《しゃか》様の慈悲《じひ》だったのだろうか。無窮《むきゅう》の時は断たれ、寒気で敬順は正気を取り戻《もど》し、鼓動《こどう》はやがて鎮《しず》まった。

「こねぇな所《とこ》で、何《なに》ゅー仕《し》ょうるんじゃ？」

意識して、僧侶《そうりょ》らしく物静かな口調で訊《たず》ねた。

「許して遣《つか》ぁせぇ…。内《うち》ゃあ……」

娘は、顔を伏《ふ》せたまま噦《しゃく》りを上げながら、やっとそう答えた。

「一体、どうしたというんじゃ？」

優しく問い掛けても、娘は唇を固く閉ざして顔を横に振るばかりだ。余程の訳が在るのだろう。これ以上は苦しめるばかりだと思い、敬順は聞かぬ事にして、兎《と》に角《かく》、娘を家に帰そうと思った。

「もう、娘さんが夜歩きを仕ちゃあ行けん時刻じゃ。早よう家《うち》に帰られぇ」

敬順が諭《さと》して言うと、娘は素直に頷《うなず》いた。それから徐《ゆ》っくりと顔を上げ、呟《つぶや》くような小さな声で言った。

「火を貸して遣《つか》ぁさい…」

敬順が提灯を差し出すと、恭《うやうや》しく娘は両手で受け取った。蹲《うずくま》って、足許《あしもと》に置いた提灯《ちょうちん》に火を灯《とも》す。寒いのか、怖《こわ》いのか、娘の手は震えている。

二つの提灯の明かりに映し出された顔を見ていると、不意に敬順の胸が、締め付けられる様に激しく痛み出した　どうして、こうなるのか、訳が解からなかった。ただ、何かしら懐《なつ》かしさも同時に感じられる。その感覚の記憶を辿《たど》った。故郷の津山の風景が次第に蘇《よみがえ》る。

『あっ、そうじゃ…』

思い出すと、また激しく胸が痛んだ。出家《しゅっけ》する前、秘《ひそ》かに恋慕《おも》いを寄せていた娘と面影《おもかげ》が似ていた。名は『節《せつ》』。

敬順の出家する前の名は、敬次郎《けいじろう》という。敬次郎が通っていた、剣術道場の次女だった。長女の早紀《さき》は、評判の美女で、利発《りはつ》さも兼ね備えていて、道場の看板娘として申し分がなかった。平和な世、大して役にも立たぬ剣術を習いに、大勢の門弟が集まるのは、早紀《さき》が目当てだと噂される程だった。

敬次郎も無論、憧《あこが》れないではなかったが、好きだったのは、妹の節《せつ》の方だった。目立ちすぎる姉の前では、出る幕が無いと思っているのか、門弟達の前に顔を見せる事は殆《ほとん》どなかった。たまに、姿を現しても、姉に付き従う下女《げじょ》のように振《ふ》る舞《ま》う。それでも節は、その事を気にしている様子はない。物静かな方を好む節にすれば、反って煩《わずら》わしくなくて助かると思っていたのかも知れない。

かといって、暗い性格ではない。顔立ちがおっとりとした感じで、何事に付けても他人より動作が徐《ゆ》っくりなのと、女には珍しく口数が少ない事が、目立たなくしている要因《よういん》だった。

そんな節も、姉の早紀を凌《しの》ぐものを持っていた。それは、笑顔だった。頬《ほお》を膨《ふく》らませ徐《ゆ》っくりと微笑《ほほえ》むその顔の愛らしさを見た者は、暖《あたた》かな春日和《はるびより》の心地にさせられるのだ。

道場に通い始めて間もなく。中庭に続く道場の裏出口の近くの井戸に水を汲《く》みに行った敬《けい》次郎《じろう》は、偶然に節の笑顔を見た。節は、廊下《ろうか》に一人で腰掛け、庭を見ていた。花を見ては徐《ゆ》っくりと微笑《ほほえ》み、飛んできた蝶《ちょう》を見ても、また緩っくりと微笑んでいた。きっと節は、夏の蝉《せみ》の声を聞いても、秋の虫の音《ね》を聞いても、降る雪を見ても、嬉《うれ》しくて緩《ゆ》っくりとあの様に微笑むのだろう。

あの微笑を、もし自分に向けてくれたら…幸せ過ぎて……。想像しただけで、敬次郎の胸は、自然に熱く燃えあがった。

その日から敬次郎は、節に恋をした。叶《かな》わぬ片恋慕《かたれんぼ》を覚悟《かくご》の上で。恋しても、添《そ》える筈《はず》も無い。敬次郎は自分の身の上を悟《さと》っていた。

道場の師範代《しはんだい》が務まる程《ほど》の腕前《うでまえ》があれば、婿養子《むこようし》の可能性もないではないが。太刀筋《たちすじ》はいいと認められてはいるものの、到底《とうてい》なれそうもない。その上、今の師範代が、早紀の婿となって道場の後継ぎになるだろう事は、誰にも解《わ》かっていた。

節は、釣り合いのとれる身分の武家の嫁になるのだ。どう間違《まちが》っても、冷《ひ》や飯食《めしぐ》らいの厄《やっ》介者《かいもの》の相手ではない。家督相続権《かとくそうぞくけん》第一位の兄が病弱ででもあれば、お鉢《はち》が回ってくる可能性も無いではないが。怪我《けが》をして、痛い痛いと言いながらでも動き回る事を止めぬ程の健勝《けんしょう》な身と在っては、如何《いかん》とも仕難《しがた》く…。

あるとするなら、出奔駆《しゅっぽんか》け落《お》ちだが、節が承知してくれるかどうか、してくれたとしても、追われる身の生き地獄。不幸は眼に見えている。

それよりも、そーっと気付かれぬ様に、節の微笑《ほほえみ》を時折眺《ときおりなが》めては、春日和《はるびより》の暖かい気分に浸《ひた》っている方が、余《よ》っ程《ぼど》に幸せだ。誰にも迷惑《めいわく》は掛けないし、邪魔《じゃま》もされない。敬次郎は、そう納得《なっとく》していた。

「お坊《ぼ》ん様ぁ。提灯《ちょうちん》、お返しさせてもらいますけぇ」

娘の声が、回想《かいそう》の門を閉ざした。

我に返ると、目の前に娘の差し出す提灯が揺れていた。敬順が慌《あわ》て受け取ると、娘はぺこりと頭を下げ背を向けた。

「名は、何んと言う?」

咄嗟《とっさ》に、敬順は尋《たず》ねた。

「ゆき」

娘は顔だけ敬順に向けて、何かは恥ずかしげに小さな声で言うと、そそくさと駆け出して行った。

何故、名前など尋ねたのか？　僧侶の身に女性《にょしょう》の名など無用の筈《はず》なのに…。

節の面影がそうさせたのだと敬順は気付く。

「色即是空《しきそくぜくう》、空即是色《くうそくぜしき》」

般若心経《はんにゃしんぎょう》の一節を唱え、敬順は大きな溜息《ためいき》を吐《つ》いた。僧侶に戻《もど》る為に。

見送っていた娘の提灯が、化粧坂《けわいざか》の当たりでフッと消えた。

『あっ、ありゃあ、やっぱり狐じゃったか』

敬順は気味が悪いはずなのに、妙に納得しホッとした。

『そうか、狐に揶揄《おちょく》られ（からかわれ）たんじゃ。フフフッ』

自嘲《じちょう》の笑いが洩《も》れてくる。

忘れようとし、忘れたはずだった。近頃ではもう思い出すこともなくなっていた。元々、欲の少ない敬順の最大の煩悩《ぼんのう》、それが節の面影《おもかげ》だったと言っていい。敬次郎としての人生に未練《みれん》が有ったとすれば、節を妻に出来なかった事の外、何も無い。

それすら無惨《むざん》な巡り合わせの為にきっぱりと断ち切られた。国も追われ、妻も持てない身となった。夢に見ることすら禁じられる身、諦《あきら》める外ない。僧侶となって修行を積んでいる内いつの間にか、思い出す事も夢に見る事も稀《まれ》になり、やがて忘れていた。

だが、あの狐はきっと知っていたのだ。忘却《ぼうきゃく》と消却《しょうきゃく》とは異《ちが》うと。敬順の修行はまだまだ未熟《みじゅく》だと。そして、節に似た娘に化けて揶揄《からか》いに来たのだと敬順は思った。

「くそっ、やられてしもうたか」

舌打ちしながらも顔には喜色《きしょく》が浮いている。腹も立つが、有り難い気もする。節を思い出せた事が正直とても嬉《うれ》しいのだ。

敬順は狐の消えた化粧坂《けわいざか》をもう一度振り返った後、寺に向かって徐《ゆ》っくりと歩き出した。手に持った提灯を気持ち良さそうに揺らしながら。

ゆきは、狐ではなかった。走るのに、手に持った提灯は邪魔《じゃま》だった。それに、夜道は充分に月明かりに照らされている。ゆきは、火を消し、提灯を腰紐《こしひも》の後ろに差し込むと、足早に家を目差《めざ》して駆け出した。

走りながら、ゆきは敬順の問い掛けを思い出していた。

「一体、どうしたというんじゃ？」

『どうしたかは、あんた様にゃぁ言えません。言うたらもうお終《しま》いじゃぁから』

ゆきは、義兄《あに》の穢《けが》らわしい姿と言葉を、何度も頭を振って消そうとした。消せるはずもないのに。


義兄《あ》の藤吉の姿はまさにそれだった。加えて酔いがそれを助長《じょちょう》していた。

＝盛《さか》りの憑《つ》いた狂った獣《けだもの》＝　性欲を剥《む》き出しにした淫乱《いんらん》な身体《からだ》に加虐性《サディズム》が渦巻《うずま》いている。義兄《に》の藤吉の姿はまさにそれだった。加えて酔いがそれを助長《じょちょう》していた。

悪い事に、姉の『なつ』は用事で出掛けているし、藤吉の家は隣の家とはかなり離れている。ゆきが悲鳴《ひめい》を上げたとしても届《とど》きはしない。たとえ届いたとしても、他家《よそ》の揉《も》め事に進んで口を挟《はさ》む者もいない。直接ゆきが逃げ込んで助けを求めれば話は別だが、戸口を封《ふう》じられて逃げる事も出来ない。

どころか、恐ろしくて竦《すく》み上がったゆきは悲鳴すらも出せなかった。着物の襟《えり》を固く掴《つか》んでジリジリと後退《あとずさ》りするのが精一杯の抵抗だった。

「ははは っ…大きゅうなったなあ、ゆきぃ。もう立派な女子《おなご》じゃぁー…はははは っ……器量《きりょう》も好うなったし、本真《ほんま》にええ女子になった…うへへへっ…」

深酔《ふかよ》いの呂律《ろれつ》の回らぬ口でそう言われると余計に不気味だ。

「いけん、義兄さん…止《や》めてぇーよぉ」

引き攣《つ》った顔でやっと声を絞《しぼ》り出し、祈るように頼んだ。素面《しらふ》でも聞いて貰《もら》えまいその頼みを、狂った藤吉が承知する訳がない。却《かえ》って加虐性《サディズム》の炎に油を注ぐ結果になった。

「あはははは、止めりゃーせん…逃がしゃーせんぞ」

嬉《うれ》しそうに藤吉は言い放ち、忌《い》まわしい笑みを浮かべてジワジワとゆきに迫《せま》って来る。

「…やっ…止めてぇー…」

ゆきの口からは呟く程の小声しか出ない。一層、身を固くすると慄《ふる》えが起きた。眼を背《そむ》けたいのに貼《は》りついたように逸《そ》らせられない。藤吉が近づくに連れ、恐怖心がゆきを絶望の淵《ふち》に追い込んで行く。

藤吉の荒い息遣《いきづか》いがはっきりと聞き取れるまでに迫ってきた。その息に混じった酒の生臭《なまぐさ》さが、ゆきの鼻の粘膜《ねんまく》を引《ひ》っ掻《か》きながら流れ込む、もう覚悟を決めろと引導《いんどう》を突きつけるかの様に。

事実、そこまで迫られてもゆきは、身動きも出来ずただ震《ふる》えているばかりだった。

「温和《おとな》しゅうせぇー」　言うなり藤吉が飛びかかって来た。

—手込《てご》めにされる—

その瞬間《とき》、声なき声がゆきの身の中で炸裂《さくれつ》した。その叫びが、ゆきの束縛《そくばく》を断ち切った。動けなかったはずのゆきの身は、襲《おそ》いかかって来た藤吉をスッと躱《かわ》して壁沿《かべぞ》いに擦《す》り抜けた。藤吉の呑《の》んだ酒は、確かに狂気を助長《じょちょう》させはしたが、同時に俊敏《しゅんびん》な動きも削《そ》いでいる。声に出していたなら、きっとこの部屋を揺《ゆ》り動かしていたに違いない声なき声の余韻《よいん》が、まだゆきの身の中で鳴り響いていた。

＝厭《いや》じゃー…厭じゃー…厭じゃー…＝

普段なら横目で睨《にら》まれただけでも縮《ちぢ》み上がってしまう藤吉をどうしてこうまで強く拒絶《きょぜつ》できるのか？　はっきりとした理由は解からない。気持ちの奥底に潜《ひそ》んでいる何かが、烈《はげ》しくゆきを突き動かしている。その正体が何なのか探す余裕は今のゆきにはない。それでいい、その正体がたとえ鬼の心でも構わない、藤吉に抗《あらが》う力を与えてくれているのだ。

「逆《さか》らう気かぁ、おのれはー……生意気なぁ…許しゃーせんぞー、許しゃぁー」

藤吉の狂気に怒りまでもが加勢した。ゆらりと身を翻《ひるがえ》すと、すうーっと腰を落とした。

＝もぅ手加減すりゃーせん。何が何でも捕《つか》めぇちゃる…おどりゃー＝

両手を大きく拡《ひろ》げ、ゆきとの間合いを狭《せば》めて藤吉は強く床《ゆか》を蹴《け》った。

―捕《つか》めぇたぁ―　藤吉はにやりと笑った。目の前にまだゆきは立っていた。

次の瞬間、藤吉が抱いたものは、柔らかなゆきの身体《からだ》ではなく、固くそして鮫肌《さめはだ》よりもっともっと荒々しい肌をした部屋の土壁《つちかべ》だった。

寸前《すんぜん》に、ゆきは身を屈《かが》め斜《なな》めに転《ころ》がって藤吉の腕を潜《くぐ》り抜けていた。勢い余った藤吉は、壁に頭を打ちつけた。顔が熱い…。藤吉はその熱い所に手を遣《や》った。ヌルリとした感触を伝えた手には、血が張り付いていた。

小娘《こむすめ》に翻弄《ほんろう》されている。たとえ酔っているとはいえだ。怒りを通り越して、もはや逆上《ぎゃくじょう》した。

手込《てご》めにするんは二の次でええ。兎《と》に角《かく》、殴《なぐ》り倒しちゃる。殴りつけて、殴りつけて、動けんようにしてから、とことん嬲《なぶ》り者《もん》にしちゃる…。

藤吉は立ち上がった。顔からは血が流れているが、少しも痛みは感じない。怒りと酔いが痛みなど吹き飛ばしている。

「おっどりゃー」口から泡《あわ》を飛ばし大声を上げた。血走《ちばし》った眼を吊《つ》り上げ、固く握った拳《こぶし》を憤怒《いかり》に震わせ、狂った猪《いのしし》のようにゆきに向かって襲いかかった。

ゆきには動きが読めない。その場その場を凌《しの》ぐしかない。激しい怒りも闘争心《とうそうしん》を煽《あお》りはしているものの、逆に藤吉の動きを鈍《にぶ》らせている。若いゆきの躰《からだ》と運動神経は前後左右に機敏《きびん》に反応し、寸《すん》でのところで藤吉の攻撃を躱《かわ》してゆく。

次第に藤吉の動きが鈍くなった。酔いのせいで息が上がっている。やがて、止まっては肩で喘《あえ》ぐようになった。この頃になると、ゆきは少しの余裕を見出していた。

―逃げられるかも知れん―　ゆきはチラリと閉じられている戸口を見た。閂《かんぬき》を抜く隙《すき》さえ出来れば…。

だが、藤吉の執念《しゅうねん》は凄《すざ》まじい。大息《おおいき》で喘《あえ》ぐようになっても、双眸《そうぼう》の妖炎《ようえん》は衰《おとろ》えるどころか烈《はげ》しさを増し、千鳥足《ちどりあし》に揺《ゆ》れながらも何度でもゆきを襲って来る。

ゆきも何とか身を躱してはいるが、ひとつ間違えれば虜《とりこ》にされてしまう。怯《おび》えに捕《と》らえられて逃げ惑《まど》うゆきの息も上がっている。身体の動きが鈍っているのが判る。薄氷《はくひょう》を踏《ふ》む思いで凌《しの》いでいるのだ。逃げる隙《すき》は未だに見えない、精神的にも追い詰められている。

ゆきは戸口から一番遠い柱を背にしていた。次に襲われたら…そして、もし捕まったら…もう逃げる気力はないかも知れん…

ゆきの気持ちが萎《な》えかけた時、両手をだらりと落とした藤吉の躰が大きく揺れた。徐《ゆ》っくりと膝《ひざ》から崩れ落ち、後ろ向きに大の字に延びた。そのまま藤吉は動こうとしない。浅く小さな息を繰り返すばかりだ。しかし視線だけはゆきを離さず、淫《みだ》らな欲望を恨《うら》めしさに乗せて投げ続けている。

ゆきは迷った。本当に動けなくなったのか？　それとも罠《わな》か？　藤吉は狡猾《こうかつ》だ。このまま時が経てば、藤吉は息を整え、また必ず襲ってくる。そして今度はもっと知恵を使い、より狡猾になるだろう。

ゆきは賭《か》けた。これは神仏のご加護《かご》だと。そう決めると躰の奥深くから、あの叫びがまた起きた。

『厭《いや》じゃー！　うちはあの人だけなんじゃ！　外の者は誰も厭じゃー』

その叫びに背中を押され、ゆきは二三歩駆《か》けて強く床を蹴った。躰《からだ》は浮き、部屋の真ん中で大の字に寝そべっている藤吉の上を高く跳《と》んだ。そこにはもう戸口があった。身を倒して戸口にしがみついた。

閂《かんぬき》を抜き、戸口を引く。戸が開かない…。閂が抜けていなかった。焦《あせ》りがゆきの指を滑らせている。ゆきは蒼褪《あおざ》めた…指に力が入らない。ゆきは横目で藤吉を視《み》た。大の字になったままだ。もどかしい…救いの戸口に手を掛けながら開けることが出来ない。

震える指を、もう片方の手で押さえつけ、必死に閂を抜く。添えたもう片方の手も同じように震えて用をなさない…。時間だけが無為に過ぎてゆく。

「ゆきぃー…逃がしゃぁー…せんぞぉー」

執念《しゅうねん》の絞り出す嗄《しゃが》れた怨嗟《えんさ》の叫《さけ》びが、背後から躰《からだ》を貫《つらぬ》いた。驚いて振り向いたゆきの眼に、おぞましい獣の姿が映っていた。

上半身を起こし、視線はしっかりとゆきを捕《と》らえている。少し息も吹き返したのかゆきに躙《にじ》り寄って来る。掴《つか》みかかろうと大きく腕を伸ばしながら。

「ヒィーッ」

ゆきは声にならない悲鳴を上げた。同時にゆきの体も硬直《こうちょく》した。

澄んだ暖かな音色《ねいろ》が部屋に響いた。閂《かんぬき》の木片が転がりながら、楽しそうに踊っている。手の硬直が幸いした。指の震えも止まり、筋肉の収縮が一気に閂を引き抜いた。

―カラーン―

＝開いた、希望の戸口が開いた＝

ゆきはもう躊躇《ちゅうちょ》しなかった。渾身《こんしん》の力で戸口を引いた。開けられた戸口は、ゆきの頭が入るほどでしかなかった。まだ焦《あせ》りがある、逃げられるという希望が焦りになっている。ゆきはもう夢中だ。戸口の外《そと》には、間違いなく希望がある。戸口に頭を突っ込むと、強引に前に出た。肩を挟《こじ》入れると戸口が軋《きし》む音を立てる、構わずゆきは前に出る。擦《こす》れる肩の痛みを払《はら》いのけて足を蹴《け》る。ゆきの尻が擦《す》り抜ける時、戸口は一段と烈《はげ》しい軋みを立て、敷居《しきい》の溝《みぞ》を弾《はじ》いて、戸板ごと吹っ飛んだ。

這《は》って戸口を出たゆきは、そのまま廊下《ろうか》を這った。立てばよかろうものを、少しでも遠くに逃《のが》れたい気持ちが逸《はや》り過ぎて、正常な思考と動きを疎外《そがい》していた。一間《いっけん》足らずの土間《どま》までがとても遠く感じる。思うように進まない。藤吉の執念《しゅうねん》に圧《の》し掛《か》かられているのではないかと思うほどに重い。

立って走ることも出来ぬままだが、気持ちは渾身《こんしん》の力で這い続けた。やっと廊下から土間に転がり落ちたゆきは、しばら暫く動けなかった。

息を整《ととの》え、立ち上がろうとした時だった、玄関の木戸の開く音がした。提灯の灯かりが近づき、顔を照らして止まった。

「…ゆき…?」　姉なつの声がした。

顔を引き攣《つ》らせて、へたり込んでいる妹の姿を見た。途端《とたん》、なつは、しまったと後悔《こうかい》した。おおよその察《さっ》しは着く。虫が騒《さわ》がないでもなかった…ただ、夜更《よふ》けにゆきを使いに出すのもと気遣《きづか》った仏心《ほとけごころ》が仇《あだ》になった。

「どねぇーしたんなら?…ゆきぃ…」

ゆきは口を閉ざしたままで姉のなつを見た。それから、ゆきはゆらゆらと立ち上がり。

「うちゃぁ、義兄さんに…」 そこまで言って、次の言葉を呑んだ。

呑んだ先の言葉は聞かずとも、なつには既《すで》に察しがついていた。

―ガタガターン― 戸板を踏みつける大きな音が茶の間の方から飛んだ。その後を追うように藤吉の怒鳴《どな》り声が迫《せま》った。

「ゆきぃー、何処《どこ》に居《お》るんならぁー」


ゆきは、なつの横をふらつきながら走り抜け、そのまま外《そと》に出て行った。

なつは藤吉の踏みつけた引戸の前に座り込むと、倒れて喘《あえ》いでいる獣《けだもの》に向かって喚《わめ》いた。

喚いたはずの声は嗄《かす》れ、小声のように細《ほそ》い。

「あんたぁー、妹のゆきに何をぉー…」

喚き終わった途端《とたん》、なつの躰は勝手に慄《ふる》え出した。

なつには今、自分の気持ちがどうなっているのか解からない。恥ずかしさ、怒り、悲しみ、自責《じせき》の念《ねん》、不遇《ふぐう》の念…そして諦《あきら》め…そんなものが次々に噴出《ふきだ》して、ぐちゃぐちゃに絡《から》まり合って渦巻いている。茫然《ぼうぜん》として今は涙も出ない。脱力感だけに支配され。そうしてなつは、ぼんやりと、動かぬ藤吉を見るでもない視線で見ていた。

やがてのろのろと藤吉が半身《はんみ》を起こした。それを機に、なつの中に渦巻いていた不測《ふそく》の感情は涙と化し、堰《せき》を切って迸《ほとばし》った。

なつは大声を上げて泣き出した。泣くしかない様に、なつはただ泣き続けた。

解かっている。藤吉を責めてみても、却《かえ》って反論され、余計に自分の立場が悪くなるだけだと。言葉には出さず、ただ恨《うら》めしそうに泣き続けるのが藤吉には一番報《こた》えるのだという事を。

細った涙で泣き続ける一方、藤吉が妹に手を出そうとした理由《りゆう》を少しずつ考えていた。

なつは元々、躰《からだ》が丈夫な方ではない。気立《きだ》てと器量《きりょう》を藤吉に見込まれて嫁に来たようなものだ、並みの仕事ならこなせても無理が利《き》かない。特に産中《さんちゅう》、産後《さんご》がなつには辛《つら》かった。

藤吉は男盛りだ、孕《はら》んでいようとなつの肉体《からだ》を求めてくる。拒《こば》むことのほうが多かった。産後の肥立《ひだ》ちも悪く、赤子の世話が手一杯で、このところ夜伽《よとぎ》の相手も疎《おろそ》かになっていた。

ここ岡山藩は、池田光政《いけだみつまさ》公以来、藩法の傾城《けいせい》歌舞《かぶ》音曲法度《おんぎょくはっと》によって、遊郭《ゆうかく》もなければ芝居小屋もない、それどころか農村歌舞伎も田楽も、果ては祭囃子《まつりばやし》すら禁じられ、農民達は鬱憤《うっぷん》晴らしも息抜きも碌《ろく》に出来ないでいる。港や街道の宿場なら居酒屋なりとあろうけれど、こんな田舎の山里とあっては自家製の濁り酒《どぶろく》でも煽《あお》っているほかない。

せめて藤吉が男前であったなら、村の女子《おなご》も相手にしてくれようが、指折りの醜男《しこお》とあっては…男としての身の置き所がなくなっている…。

近頃なつは気付いていた。藤吉がゆきに色目を流したり優しい態度を示すのを。ゆきがそんな藤吉を警戒しているのも知っている。

風呂に入る時も、そっと息を殺し、蝋燭《ろうそく》の灯かりすら消している。それはゆきが時折、窓の外に躰を舐《な》められるような不気味な気配を感じたり、人がいないはずの焚口《たきぐち》に薪《まき》を踏むような音を聞くからだ。

なつは悲しい決断の時が来たことを悟った。

ゆきは丈夫だ。その上若いし、肉付きの良い生々しい躰をしている。認めたくはないが、器量も最近ゆきの方が勝ってきた。

今日だけの事では済まない。きっとまたこんな事になる…。

＝もうゆきを、この家には置いちゃおけん＝

ゆきは何も悪くない。悪いのは藤吉だ。それは解かりきっている。それでもゆきを放り出すしかない。理不尽《りふじん》をするしかないのだ。悪者であろうが何だろうが藤吉は、なつの夫であり、息子の清蔵《せいぞう》の父親であり、一家の大黒柱でもある。藤吉を抜きにしては、なつもこの家も成り立たない。

可哀相《かわいそう》であろうと、ゆきは妹にしか過ぎない。その上、悪く言えば余計な厄介者《やっかいもの》だ。なつに選択の余地はない。藤吉を獲《と》るしかないのだ。

なつの泣き声が再び大きくなった。どうにもならない理不尽な苦しみが、なつに追い討ちをかけていた。

ゆきは牛小屋に掛けてあった提灯《ちょうちん》を掴《つか》むと、小道を抜け畦道《あぜみち》を渡り村の道を駆けた。行く当ては無いのに…。息が切れ、立ち止まった。気が付くと城ヶ畑《じょうがはた》の池にいた。何故ここに来たのか？　朧《おぼろ》げな想いを追った。一人の顔が浮かんだ。そして気付いた、逢いたいのだと。

今日は葬式があった。あのひとも来ていた。もう寺に帰る頃…いやもうこの道を通ったかもしれん…。追えば…待てば…そして逢《あ》えた。

あの後、姉はどうしたろうか？　帰るしかないが、帰ってどうなろう？　敬順と別れ、化粧坂《けわいざか》を下る夜道を、ゆきは引き返しながら案じた。帰りたいわけではない、足は重い。その上明るいとはいえ、娘に夜道は心細い。林道に入ると、木立が月を隠す。途端《とたん》に道が暗くなった。

『狐でも出りゃあせんじゃろうか？　気疎《きょう》てえなぁー（怖《こわ》いなー）』

怖気《おじけ》が付くと足早になる。

『なむだいしへんじょうこんごう、なむだいしへんじょうこんごう』

頭の中で、繰り返し宝号《ほうごう》を唱《とな》え、息を切らしながらも、ゆきは駆け続けた。

ゆきが怖がるのも無理はない。この辺りにも狐の伝説があった。

〝傍示《ぼうじ》が峠《たわ》の狐〟の話じゃ。

傍示が峠の狐は、それはそれは美しい娘に化け。道行く人を「こっちに来《こ》られぇ、こっちに来られぇ」と愛想良《あいそよう》に脇道《わきみち》に誘《さそ》い込《こ》んだ。それを見かけた魚売りは「騙《だま》されちゃあいけんどぉ、騙されちゃあ」と言うて、荷物を投げ出して、後を追うて、根限《こんかぎ》り（根気の続く限り＝必死に）喚《わめ》き続けたんじゃと。ところが、それが狐の騙《だま》しで、脇道《わきみち》に誘《さそ》い込まれた魚屋の荷物の魚は、一匹残らず狐に持って行かれたんじゃと。

〝狐のお産〟の話もある。

きっと難産じゃったんじゃろう。見兼《みか》ねた夫の狐が化けて、名医を呼びに出かけた。医者は籠《かご》を用意してもろうて、出かけたそうじゃ。山の中にある、張り替えたばかりの青畳《あおだたみ》が敷《し》き詰《つ》められた、広いお屋敷じゃったそうな。変に思うたが、医者は、ええげえに（上手に）

逆子《さかご》を取り上げてやったんじゃと。夫婦は喜んで、大金をくれたそうじゃ。医者も喜んで籠に乗って帰って行った。翌朝、その金を見ると、みーんな柴の葉っぱじゃったという話じゃ。他にも、狐に騙《だま》されて一晩中、山の中を迷い歩き回り、疲れ果てて死んだ話や、山の尾根を渡《わた》る提灯行列は、狐の群れの涎《よだれ》が光ってそう見えるんじゃという話も聞いた。

「クェーン、キェーン…シュワー〜ッ」

狐の声が聞こえる。ゆきの足は止まった。

『もしかしたら、この道も騙された狐の道かも知れん』　暫《しばら》く、ゆきは立ち尽《つ》くした。荒い息が鎮《しず》まる頃になると、夜の寒気が肌《はだ》を刺《さ》していた。じっとしていても埒《らち》が明《あ》かない。

〈満月の晩《ばん》の狐は悪さはせん〉そう信じて、目の前の道を、ゆきは再び駆け出した。

村の道に出た。帰りたくて帰る家ではない。その気持ちに挫《くじ》かれるように何度もゆきの足は止まる。かといって、今の自分の居場所は姉の家しかない。あの家を出たとしても、後は、死ぬか下女として身を売るしかないのだから。

＝姉に知られたからには、義兄も手出しは出来んじゃろう。地獄のような日じゃったが、終《しま》いに極楽に行かせて貰《もろ》うた。あの人に逢えた…夢の様じゃ…その上、間違いじゃろうと何じゃろうと抱きしめても貰《もら》えた。名前も覚えて貰えたし…あぁ〜もう死んでもえぇ……。うんにゃ、まだ内《うち》ゃあ死なん。死ぬんは、あの人の嫁になれんと決まった時じゃ＝

農民の厄介者《やっかいもの》と元武士、身分が違う。それよりも、敬次郎は嫁の持てない僧侶《そうりょ》。どう考えても、添《そ》える筈《はず》などないのに。何故か一緒になれるという夢の様な予感をゆきは抱き続けていた。

―まだ死ねん― 自分を奮《ふる》い立たせて、夜道をまた歩く。足が止まる度に、同じ事を思い返しながら…。

敬順は寺に着くと宝寿院《ほうじゅいん》に居る『法円《ほうえん》』の所に、帰りの挨拶《あいさつ》に向かった。

「ただいま帰りました。和尚さんから、もう少し遅《おそ》うなりそうじゃから、先に寝とってええからと言付《ことづ》かっとります」

少し間を置いて、偉《えら》そうな返事が返ってきた。

「そうか判った。そんなら敬順も早う寝えッ。明日《あした》は行者山《ぎょうじゃやま》で修行じゃぁから、お前《めえ》も遅《おく》れん様に、起《お》きて来《こ》にゃあ負《おえ》えんど。楽しみじゃなぁー。　ハハハハハハッ」

途端《とたん》に、敬順は憂鬱《ゆううつ》になった。

『明日ぁ厄日《やくび》じゃなぁ』　敬順は、溜息混《ためいきま》じりに、そう呟《つぶや》いた。

仕方なく、重い足を明王院《みょうおういん》に向けた。足下《あしもと》が暗い。何時の間にか小さな雲が月を遮《さえぎ》っていた。

床《とこ》を敷《し》いて、潜《もぐ》り込《こ》んだ。一日の出来事が頭を巡《めぐ》る。葬式《そうしき》の事…本当に悲しげな家族の顔、悲しいながらも何処か冷《さ》めている親戚《しんせき》の顔、葬儀《そうぎ》の段取りで忙しく悲しんでいる暇《ひま》も無いといった講仲間《こうなかま》の顔、明日は我が身と蒼褪《あおざ》めている参列者の顔…。死んだ仏は、どう見た事だろうか？

その仏も、今頃は、東南の滝谷《たきだに》と八塔寺の境にあるというナメラ筋を歩いている頃か。ナメラ筋というのは、亡者《もうじゃ》が冥土《めいど》に向かう道筋の事だという。ナメラ筋は、生きている者には見えない。が、知らずとも、その道筋を邪魔《じゃま》するものは、祟《たた》られる。その証拠に、ナメラ筋に建てた家は、必ず滅ぶのだと…。

次に巡って来たのは、狐娘《きつねむすめ》と節《せつ》の事…

どちらも、所詮《しょせん》、今の敬順には無縁の、絵空事《えそらごと》にしか思えない。それなのに、何かしら心ときめくのは…何故？

『煩悩《ぼんのう》じゃ』　敬順は悟《さと》っている。悟ってなお、今夜だけは、そっとこのままに残して置きたいと、そう思った。

# 2

# 聖《ひじり》の修行

来なくてもいい朝が来た。

修行の日とあって、法円《ほうえん》さんは張り切っている。

「敬順が来てから、どねぇな訳か知らんが、法円の奴は、修行に身を入れだしたなぁ…。ははっ、まあ、ええ事じゃ、ええ事じゃ」

『源粋《げんすい》』和尚は、無心《むしん》に笑う。

敬順には迷惑な話だ。法円さんの修行に付き合わされるのだ。法円さんは、高野聖《こうやひじり》と呼ばれた、空海上人《くうかいしょうにん》の様な高僧になるのだと息巻いている。

敬順には、更々《さらさら》そんな大それた気持ちは無い。必要なだけのお経《きょう》を覚え、朝夕のお勤《つと》めと、弔《とむら》いの引導《いんどう》が渡せればそれで充分だと思っている。厭な一日が始まるのかと思うと、うんざりだ。

法円さんは、ちょっと変わっている。自分の過去を話したがらない。敬順もそうだから、都合がいいといえばそうなのだけれど…。

以前、何処の生まれかと訊《き》いたら、鋭い怒りの込もった眼で睨《にら》み付けられた。和尚の話だと、五歳くらいの時、この寺に置き去りにされたらしい。

二十年ほど前、旅に疲れた様子の親子四人の一家が寺を訪ねて来た。喉《のど》が渇《かわ》いているので井戸の水を飲ませて欲しいと。その後、一家は寺を見たいと言うので、和尚は承諾《しょうだく》して、部屋の片付けなどをしていた。

何処からか子供の泣き叫《さけ》ぶ、大声が聞こえた。外に出て見ると、一人の男の子が、顔を引き攣《つ》らせて、寺の門を出たり入ったりしながら走り回っている。

「おかぁがおらーぁん！　おとうもおらーぁん！　ウワ〜〜〜ッ」　大声で泣き喚《わめ》きながら…。逸《はぐ》れたとしても、それほどの時間は経《た》っていない。親も捜《さが》しているなら、直ぐに見つかるはずだ。和尚も捜《さが》す。

境内《けいだい》を一回りしてみたが、何処にも居ない。その前に、寺門の外の道を見渡したが、人影は確かに無かった。

それにしても変だと気付いた。この子の親達の声が一切《いっさい》しない。捜しているなら、聞こえなくてはならぬ。

『捨《す》て子か…』　和尚は、小さく呟《つぶや》いた。

寺の外壁《がいへき》に沿って、行者堂《ぎょうじゃどう》に続く山道がある。おそらく、その道を通ったに違いない。見つからなかった筈《はず》だ。源粋《げんすい》和尚の脳裏《のうり》に、もう一人の子の口を塞《ふさ》ぎ、息を殺して足早に逃げて行く親子の姿が浮かんだ。

残された子は、門前の階段に座り込んで、ただ泣《な》き噦《じゃく》っていた。自分がどうなったのか、薄々《うすうす》感じとっているらしい。泣《な》き噦《じゃく》るのは、それを認めまいとする証《あかし》に過ぎない。

『不憫《ふびん》じゃな』

源粋和尚は、そっと後ろから抱《だき》かかえてやった。その子が諦《あきら》めて、泣き止むまで…ずっと。

その子は寺に引き取られ、名を『法円』と改めた。

法円さんの、元の名が何だったのか、和尚さんも知らないそうだ。捨てられた衝撃《ショック》で忘れてしまったのか？　それとも、捨てた親への怨《うら》みで、自分の方から名を捨ててしまったのか？

本当の事は、法円さんしか知らない。

「わしゃぁ、仏さんの子じゃぁ」　時折《ときおり》、法円さんは、そう言う。そう信じ込もうとしているのだろう。

「敬順、床堅《とこなめ》からじゃ。附《つ》いて来《け》ぇ！」

大声で号令《ごうれい》を下し、肩を揺《ゆ》すって本堂に向かって行く。法円さんは、すっかり煎《い》れ込《こ》んでいる。

床堅《とこなめ》というのは修行の入門式で自覚と気合を入れる為に、正座して小打木《こうちぎ》で叩《たた》かれる儀式だという。それならそうと始めに言ってくれればいいものを、座るやいなや、打ち込まれたものだから、武士の習い性で咄嗟《とっさ》に身を躱《かわ》し、逆に小打木を取り上げて、見事な胴打ちを返してしまった。

法円さんは、膝《ひざ》から崩《くず》れ落ち、息を詰まらせ、かなりの間、苦しい顔して呻《うめ》き声を上げていた。

「何《なに》ゅうするんなら…」

やっとものが言えるようになった法円さんは、打たれた脇腹《わきばら》を押さえ、涙を浮かべた情けない顔を向けて小声で呟《つぶや》いた。余程に痛みが残っているのだろう、まだ小さな息しか衝《つ》けない様子だ。

「…叩《たた》かれるのも…修行の内じゃあ」

少し大きな息が出来るようになった頃、恨《うら》めしそうな顔と声で文句を言った。何時もの威《い》張《ば》った態度は影を潜め、はっきりと怯《おび》えが浮かんでいる。

「始めにそう言うて貰《もろ》うとったら…ハァ」

申し訳なさそうに敬順は謝《あやま》ってはみたものの、可笑《おか》しさが込み上げて、つい噴出《ふきだ》しそうになる。悟《さと》られないように慌《あわ》てて、頭を深々と下げた。

床堅《とこなめ》の意味の説明を受けた後、改めて敬順は正座させられた。

「ええか、これは修行じゃからな」

この一言を付け加えて、今度は、法円さんは後ろに回った。本当なら正面から打つのだが、きっと懲《こ》りたのだろう。

一発目は恐る恐る軽く肩に打ち込んで来た。二発目は少し安心したのか、もう少し強く、三発目は更に強く。一息入れた後の四発目は、敬順も「うっ」と声が出る程の烈《はげ》しい打ち込みだった。

同時に、法円さんはもっと大きな「ぎゃっ」という呻《うめ》き声を上げた。脇腹《わきばら》の痛みがぶり返《かえ》すくらいに力を入れたんだ、仕返しの恨《うら》みも込めて…。

今度は法円さんが打たれる番だ。

「ええか、これは修行じゃが、怪我《けが》をしちゃあ何《なん》にもならん…解《わ》かっとるな？」

明らかに恐れた表情で念を押してくる。敬順が本気で怒っていて、正面《まとも》に頭にでも打ち込まれたら、法円には防ぎようがない。血反吐《ちへど》を吐《は》いてこの世とお別れするしかない。

「はい、心得《こころえ》ております」

敬順はわざと声を抑《おさ》え、徐《ゆ》っくりと静かな返事をした。

「あっそうじゃ、思い出した。活《かつ》は正式には二発でええんじゃ……四発もいらんから…」

そう言って法円さんは、目を見開き顔を引き攣《つ》らせ、ぐっと唾《つば》を呑《の》んだ。

敬順が微笑《ほほえ》んで小さく頷《うなず》くと、情けない顔をして嫌々《いやいや》ながらに背を向けた。その背中は、はっきりと判るほどに震《ふる》えていた。

「エィ、エィ」　本堂に敬順の気合のこもった澄んだ声が響いた。

悲鳴を上げる事もなく、軽く打たれただけで済んだ法円さんだったが、暫《しばら》くへたり込んだきりよう動かなんだ。脇腹の痛みが余程に堪《こた》えたとみえて、その後は何かに付け「ええかぁ、これも修行の内じゃからな」の一言を付け加えるようになった。

とはいえ、敬順が兄弟子として法円を立てるのを良い事に、先輩風《せんぱいかぜ》を吹かせる癖《くせ》は相変わらずだった。

今朝もそうだ、敬順は手加減《てかげん》したものの、法円さんは、修行じゃと言いながら、きつい床《とこ》堅《なめ》を食わせてくれた。これは序《じょ》の口《くち》。修行の数は多い。

空海上人《くうかいしょうにん》もその昔、高野聖《こうやひじり》と呼ばれていた頃には「十界修行《じっかい》」に励《はげ》んでいたと聞く。その修行過程は「床堅（修行入門式）」・「懺悔《ざんげ》（罪の反省）」・「業秤《ごうひょう》（罪の評価判定）」・「水断《みずだち》（断水の荒修行）」・「閼伽《あか》（頭上からの水掛）」・「相撲《すもう》（力くらべ）」・「延長《えんちょう》（長寿祈念の踊り)」・「小木《おぎ》(護摩木《ごまぎ》の奉納)」・「穀断《こくだち》(断食《だんじき》の荒修行)」・「正灌頂《しょうかんじょう》(修行納め)」の十過程《かてい》があったという。

　敬順達は、延長と正灌頂を除《のぞ》いて、残りを一日の修行の中で遣《や》ってしまう。

「次は懺悔じゃぁ」　言うなり、法円さんは本堂に胡坐《あぐら》をかいた。

　敬順は、その前に正座して、犯した罪を告白しなければならない。何時もの事ながら、これも困りものだ。反省するような罪がないのだから。野心も欲も捨てているから、人を傷つけることも無いし。近頃は虫も殺さないよう、気を付けているから、その心当たりもない。それでも気付かぬうちに庭の蟻《あり》くらいは踏み潰《つぶ》しているかも知れないと思い、「蟻を殺してしまいました。殺生でございます」と何度かこの手で凌《しの》いでいたら…。

「また蟻か？　もう蟻はええッ。他にも何か有ろうがなぁ！」と、法円さんが目を吊り上げて怒り出したので…。

「地蔵和讃《じぞうわさん》がなかなか覚えられんのは、衆生《しゅじょう》を救おうという気持ちが足りとらん所為《せい》で、僧侶としての罪」という事にしている。これは、法円さんが、大日経《だいにちきょう》の何処《どこ》そこが会得《えとく》出来んのが罪じゃと懺悔《ざんげ》をするのを真似《まね》ている。

「何時になったら、覚えられるんじゃ？」

今日は更に虫の居所が悪いらしぃ。皮肉笑いを浮かべて鋭い突っ込みを咬《か》ましてくれる。

「お地蔵様のお慈悲を会得するには、未熟者の私には、なかなかに…」

「それに梃子《てこ》摺るようじゃあ、真言三部経《しんごんさんぶきょう》の会得《えとく》は未来永劫《みらいえいごう》、無理じゃのう」と、続けて大《お》兄《せ》（年長者・大人）をする［大人振《おとなぶ》る＝偉《えら》そうにする］ので、これには敬順もカチンときた。

「未熟者のわたくしならそうですが、法円さんなら、もう近々には大日経を読破《どくは》されるんでしょうなあ。和尚様もさぞお喜びじゃ。わたくしから、そう申し上げておきましょう」と、切り返してやった。

「何…、大日経《だいにちきょう》の慈悲《じひ》の真理がそう簡単に解《わ》かる訳がなかろーがぁ」

「なら、何時ごろに？」

「…、うーん」

時々は、遣《や》り込めて、法円さんの風当たりを弱めて置かないと、後々面倒で…。

修行の一事が万事こんな調子だ。これでは懺悔《ざんげ》をしているというより、丁々発止《ちょうちょうはっし》の嬲《なぶ》りあいという外ない。

敬順は、更々《さらさら》、相手にする気はないのだけれど、何故か法円さんは、ライバル意識を剥《む》き出しにして遣《や》り込めようと突っ掛かってくる。

敬順にすれば、自分は決して幸せな境遇に生まれたとは思えないが、法円さんにしてみれば、嫉妬《しっと》の炎を燃やしたくなる程に羨《うらや》ましいのだろう。何かにつけ、意地悪を仕掛けてくる。それが、何より憂鬱《ゆううつ》だ。

武芸《ぶげい》を何一つ知らないいし、未だにお経の文字も満足に読めない法円さんを、力づくで遣り込める事は、簡単だ。そうしてしまうと、法円さんは、意地でもこの寺には居られなくなる。まだ一人前の僧侶《そうりょ》でもないいし、身寄りの無い法円さんには、行き場が無い。それは、余りにも可哀相《かわいそう》だ…。

法円さんより偉《えら》くなろうなどとは、考えもしない。世捨て人《よすびと》になりたいと思う…そうなるしか無いのだから。早くそうなった方が楽になれる。関わりあって欲しくない、それが本音なのに…。

次の修行だ。門を出て行者山に登る。茶畑を抜けると、その先は山道になり道幅は急に細くなる。それでも中腹辺りまでは、村人達が材木や薪《たきぎ》を運ぶ山道だからまだ歩き易《やす》いが、行者堂への分かれ道に入ってからは、獣道然《けものみちぜん》とした道なき道になる。本当に危険な所だけ、岩や土が削《けず》られ、或《あ》いは、石段が造られてはいるが、それ以外は邪魔《じゃま》な木の枝が切り払われている程度で、人一人が通り抜けるのも容易ではない。それも仕方がない、山に登ることも修行の内なのだから。

行者山は堂山《どうやま》とも呼ばれている。行者山の山頂には神の宿る磐座《いわくら》のような巨大な岩がある。その上にお堂があり、本尊には修験道の開祖といわれる役《えん》の小角《おずぬ》と脇侍《わきじ》に空海の孫弟子の聖宝理源大師《しょうぼうりげんだいし》が祭られている。因みに、和尚の源粋《げんすい》の名はこの理源大師から一字を戴《いただ》いているのだそうだ。

お堂の前に立って、敬順と法円は「南無神変大菩薩《なむしんぺんだいぼさつ》（役《えん》の小角《おずぬ》の尊号）南無聖宝尊師《なむしょうぼうそんし》（理源大師の妙号）」と三度唱《とな》える。

一息ついて、お堂の前にある大岩に上《あが》る。業秤《ごうひょう》の行《ぎょう》に入るのだ。業秤というのは、罪の大小の判定をする。修行者は綱で縛《しば》られ、大岩の上から逆さに吊《つ》るされる。大岩には鬼の子が住んでいて、吊るされた者の罪を秤《はか》る。罪が重ければ、命綱が切れ、奈落《ならく》（地獄）の底、すなわち谷底に突き落とされる事になる。鬼の子に切られなくても、引上げられているうちに、綱が切れる事も有る。それもまた、罪の故《ゆえ》とされる。命懸けの行である。

敬順は細身だが、大食《おおぐら》いの法円さんは太っている。引上げるのが一苦労で…へとへとになる。これも苦しい。

それが終わると、竹筒の水を一口含む。飲み下さずに、含んだ
した体は間も無く水を吸い取ってしまう。一日に水は竹筒一本と決めてあ
兼ねての事だ。

充分に喉《のど》の渇《かわ》きも癒《いや》せないまま、次は相撲《すもう》の行に入る。この行もきつい。土俵は無い。押す、引く、投げる、転がす。足を捕《と》っても構わない。張《は》り手《て》と殴《なぐ》る事は禁じている。喧嘩《けんか》になっては不味《まず》いからだ。最初は体の大きい法円さんが力任せに攻めてくる。敬順は遣《や》られっ放しだ。押されて、引かれて、投げられる。

いよいよ危なくなったら身を躱《かわ》すが、躱《かわ》してばかりいては修行にならない。右や左に回り込んで、まともに投げられるのだけは何とか避《さ》ける。暫《しばら》くの辛抱《しんぼう》だ、やがて法円さんの息が上がる。持久力《スタミナ》がないのだ。押す力が無くなって、体ごと預けてくる様になる。そうなれば形勢は逆転。軽く去《い》なすだけで勝手に法円さんは崩《くず》れる様に転がる。

これは行だから、勝ち負けはない。転んでも起き上がって組み合う。疲れて立てなくなったら、座り込んだままで押し合う。こうなるとまた敬順は苦しい、相手を躱《かわ》せなくなるからだ。体重の差が、そのまま優劣《ゆうれつ》の差となる。

殆《ほとん》どの場合、最後には敬順が押し倒された形で、二人は地面に崩《くず》れ落ちる。敬順が一番気

を付けなければならないのが、この時だ。まともに乗り掛かられたら、大変だ。

そうでなくても息は上がっている。その上乗り掛かられて胸を押さえられたら、窒息《ちっそく》してしまう。体を捩《ねじ》って何とか逃げる。地面に大の字になる。仰向けの五体倒地《ごたいとうち》だ。

水を飲んで暫《しば》らく休む。息が整ったらまた相撲をとる。これを何度か繰り返す。

それが終わると、次は峰渡《みねわた》りに入る。岩場や急な坂を上り下って山を渡り歩く。道などない。獣のようには這いつくばって歩くこともある。草鞋《わらじ》の紐《ひも》が親指に食い込み、擦《す》れて血が滲《にじ》んでくる。こうなると上るよりも下る方が辛《つら》い。

その頃になるともう一つ別の苦痛が襲《おそ》ってくる。空腹だ。水断ちだけではない、穀断《こくだ》ちの行として食べ物は一切持っては来ない。

一回りして、再び行者山に着いた時には、ものを言う元気すら無くなっている。残りの水を一気に飲み下して、渇《かわ》きと空腹を慰《なぐさ》め、下山する。

下山の途中も修行は続いている。護摩《ごま》を焚《た》くときの用木を山の木置き場から背負子《しょいこ》に担《かつ》いで帰らなくてはならない。これも小木《おぎ》の行《ぎょう》の一つ。

寺に帰っても、修行は終わらない。次は閼伽《あか》の行に入る。手桶《ておけ》を持って、清水の湧いている小池に行く。その清水を汲《く》んでは相手の頭から水を被《かぶ》せる。水垢離《みずごり》の行だ。

同時に山歩きの汚《よご》れと汗も一緒に綺麗《きれい》さっぱりと洗い流せる。その時、内緒《ないしょ》でそっと口を開けて水を飲む。渇《かわ》きが失《う》せ、なんとも生き返った心地になる。きっと、法円さんもやっているに違いない。

その後は、夕餉《ゆうげ》の支度《したく》時間まで本堂で読経《どきょう》する。この時の食事の支度は、何時も以上の楽しみでもあり、また苦痛でもある。野菜の煮《に》える湯気《ゆげ》の匂《にお》いさえ、抓《つま》み食《ぐ》いの誘惑《ゆうわく》を掻《か》きたてる。どころか、生芋《なまいも》でさえ齧《かじ》ってしまいたい衝動《しょうどう》に駆《か》られるのだから…。これを餓慢《がまん》するのが一番辛《つら》い行《ぎょう》に敬順は思える。いくら欲は捨てているとはいえ、生きている限り食欲だけは捨てきれない。法円さんは味見だと言っては、抓み食いを繰り返している。『早雲《そううん》』さんの叱責《しっせき》が飛ぶ。

修行は三日で終わる。文字通り、三日坊主という訳だが、それ以上は身が持たない。流石《さすが》に法円さんも、四日目には寝込《ねこ》んでしまう。これも御仏《みほとけ》のご慈悲《じひ》…有り難い事だ。

あの夜が、何かの間違いだったのだろうと思えるくらいに以前と変わらぬ日々に戻《もど》っていた。確かに翌日、義兄《あに》の藤吉は、場都《ばつ》の悪さを誤魔化《ごまか》すようにゆきを睨《にら》んでチッと舌打ちした。

姉のなつは、何も言わない。酒に酔っての狼藉《ろうぜき》だけだったとは、ゆきには思えない。それにしても凄《すご》い修羅場《しゅらば》だった狂気《きょうき》の沙汰《さた》としか思えない…誰も忘れる事など出来まいに。ゆきは今夜も床の中で、敬次郎のことを想う。初めて出会った時の事を鮮明に覚えている。その筈《はず》だ、決して忘れない様に夜毎《よごと》、眠る前に必ず憶《おも》い返していた。

五年前、若いお侍様が初老のお侍様と一緒にゆきの家に立ち寄った。八塔寺に行く途中だと言う。ゆきの家は備前《びぜん》の隣国、美作《みまさか》の国の横川《よこかわ》村の農家で、片上往来《おうらい》の福本から分かれた間道沿いに在った。

片上往来《おうらい》は津山《つやま》から吉井川《よしいがわ》沿いに周匝《すさい》・和気《わけ》に至り、中山峠を越えて山陽道と交わる。その終点が宿場町であり港町でもある片上《かたかみ》だ。

間道は、ゆきの家を過ぎた辺りから梨ノ木峠に続く上り坂になる。峠を下れば備前の国の八塔寺《はっとうじ》村・大股《おおまた》村に続いていて、更に下ると神根《こうね》・三股《みつまた》・金谷《かなだに》の村々を通って山陽道の三石の宿《しゅく》に着く。三石《みついし》の宿は、片上の宿の東隣になる。

あの日の事は、よう忘れん。私《うち》ぁようよう十三になったばぁじゃった。お侍さんを見るのは珍しゅはなかったけど、家に来たんは初めてじゃろうし、私にゃあ、そうじゃった。

立ち止まって何やら話をしょうられた二人のお侍さんが、小道に入って来んさった。私ぁ軒《のき》の奥の柱に隠れて覗《のぞ》いとった。途中から、二人連れの後ろの人は若いお侍さんじゃと判った。遠めに見ても、何《なん》か凛々《りり》しゅうに思えた。私《うち》ぁ胸がドキドキしてきた。

何処に行くんじゃろぅ？　内《うち》にゃぁ用事が無かろうけど、一寸《ちょっと》でも寄ってくれりゃあええのに…。

頭の中では現実離れをした淡い夢を描きながらも、身はしっかりと柱に隠し、気付かれない様に息も潜《ひそ》めていた。

お侍様の前では土下座《どげざ》をするように、言い付けられている。無礼が有れば、切り捨て御免《ごめん》のお手打ちに遭《あ》う事になると。ゆきは土下座をしていない。見つかれば咎《とが》めを受ける。幸にして、二人はゆきの家の前でちょっと立ち止まっただけで、直ぐに通り過ぎて行った。ゆきは後姿を追って、徐《ゆ》っくりと庭先に出た。

若いお侍が足を止めた。えっ？　と思う間も無く振り返った。眼と眼が合う。ゆきの心臓は一気に縮《ちぢ》み上がった、手足の指先が激しく疼《うず》く程に。

慌《あわ》てて土下座をしようとしたが、身は凍《こお》りついたままで動かない。

お侍達は頷《うなず》き合うと、ゆきに向かって来た。

『咎《おとが》め』……ゆきはあっと息を呑《の》んだ。体は行く末を察《さっ》して、勝手に震《ふる》え始めている。恐ろしいはずなのに、視線は侍に張り付いたままで離れない。魅入《みい》られていた。

二人の侍は、どんどんと近づいて来る。目鼻立ちまでもがはっきりと分かるまでに。

怒った様子には見えなんだ。何やら笑っている様にも見えた。嘲笑《あざわら》いをしとるんかも知れん。

眼の前にまで来てしもうた。刀を抜かれたらそれまでじゃあ……。

「この家《うち》の娘《こ》か？」老侍《ろうざむらい》が訊《き》いた。

「へぇ～ッ」

ゆきはそう答えたものの、返事というより悲鳴《ひめい》だった。気が付くと、動けなかったはずの躰《からだ》をどうしたものか、額が痛いほどに地面に擦《こす》り付け座り込んでいた。

「土下座なんぞせんでもええから、立て立て、立っとりゃあええ」

頭の上から優しげな声が聞こえた。ゆきは恐る恐る頭を上げた。二人のお侍さん方は確かに笑っとりんさった。

「儂等《わしら》は通りかかりの者《もん》じゃ、役人じゃあありゃあせんから、心配せんでもええ。ただなぁ、ちょっと喉《のど》が乾いとってなぁ。水でもええから呼《よ》んで（飲ませて）やってくれえ」

老侍は腰を屈《かが》めてそう言った。

家の者は野良仕事に出ていて留守だ。ゆきだけ未《ひつじ》の刻《こく》（午後二時頃）に食べる昼茶漬けの用意に一足先に帰っていた。初めての事で何一つ勝手は分からなくても自分でするしかない。親達が村の名主さんや組頭さん達に接する時の真似《まね》をしてみるだけだ。

「はいぃー」ゆきはもう一度、頭を地面に擦《こす》り付けた後、急いで立ち上がり、座敷の間に案内した。先立って歩き、振り向きざまに二人を招いた。「こっちにぃ」

若いお侍様と顔が合った。ゆきが小さく頷《うなず》くと、そのお侍様も小さく頷《うなず》き返してくれた。優しい微笑《ほほえみ》の顔に澄んだ眼差《まなざ》し。何かもの淋しげでもあって、余計に清廉《せいれん》で凛々《りり》しかった。村のがさつ（落ち着きがなく粗暴）な男達とは生まれも育ちも違うのだと、この様な優雅《ゆうが》な人も居たのだと…目の当たりにしながらも、まだ半ば信じ難い気がする。

何処かで見た事がある…ゆきは記憶を追った…『あっ、そうじゃ、庄屋さんの家で見たお内裏《だいり》様じゃ、雛《ひな》人形の』

交わった視線を、若いお侍様は逸《そ》らそうとはされなんだ。先にゆきの方が恥ずかしゅうになって眼を落とした。恥ずかしさの後で、胸が烈《はげ》しく痛み、同時に熱くなった。高鳴る鼓動に合わせて、息苦しさと嬉しさが絡《から》み合いながら舞い上がって来る。

熱い炎はそれからずぅーっと消えとらん。これが恋心じゃとは、私《うち》ぁその時まだ気付いとらなんだ…。

お侍さんは草鞋《わらじ》を脱ぐのが面倒だからと、座敷の前の縁側に並んで座った。

丁度、茶の湯は沸いたところだ。台所に入って戸棚の奥からお客用の湯呑《ゆの》み茶碗《ちゃわん》をそぅーっと取り出した。未《いま》だに壊《こわ》したら大事《おおごと》じゃからと触《さわ》らせてももらえない茶碗だが、相手はお侍様、家の者も叱《しか》りはせんじゃろう。それに、あの若いお侍様には、せめてきれいな茶碗で飲んでもらいたいと、ゆきはそう思った。たとえ親に叱《しか》られてもだ…。

それぞれ大小二つの茶碗を用意し、大きい方には水を、小さい方にはお茶を入れ、二人の前に頭を低くして差し出した。

「よう気の付く娘じゃな」

先に水で一気に喉《のど》の渇《かわ》きを癒《いや》した後、飲み頃に冷《さ》めたお茶を静かに啜《すす》りながら老侍は独り言の様に言った。

若侍の敬次郎は、百姓屋に立ち入るのは初めてだった。津山藩《つやまはん》城下の武家屋敷で育った彼は、町人達の長屋《ながや》なら覗《のぞ》いた事がある。狭苦しくて、雑然《ざつぜん》としていると思ったものだが、この百姓屋《ひゃくしょうや》はそれよりも酷《ひど》い。

長屋の一軒よりも広く大きいものの、草葺《くさぶき》の家はまるで小屋か荷物置き場といった感じだ。戸口から覗《のぞ》いた家の中は、昼間というのに気味が悪いくらいに薄暗い。茶水《ちゃみず》を運んでくれた娘の着物は、木綿のしかも継《つぎ》だらけの襤褸《ボロ》着《ぎ》だ。

『こんな所でこんな着物で百姓達は暮らしているのか…人の暮らしとは思えん…』 敬次郎は、我が身の不遇《ふぐう》も忘れて、哀《あわ》れに思った。

ゆきの家だけが特別に酷《ひど》い訳ではなかった、百姓の暮らしは苦しいのが当たり前の時代。《生かさず殺さず》それが武士達の百姓に対する基本姿勢だった。年貢《ねんぐ》は四公六民《しこうろくみん》（課税率四〇％）が建前《たてまえ》だったが、天領《てんりょう》ですら五公五民、ゆきの美作藩《みまさか》では六公四民（課税率六〇％）であった。その上にいろいろの名目で課税される。結果、七割を超える。

当時の百姓屋は普通、部屋が四つあるだけの田の字型で、日当たりの良い南向きに奥《おく》の間ともいう座敷《ざしき》の間があり、その隣に下《しも》の間という老夫婦の部屋、座敷の北側が納戸《なんど》の間と呼ばれる若夫婦と子供達の部屋、その隣が囲炉裏《いろり》のある勝手《かって》の間で食事や夜業《よなべ》をする所になっている。

戸口（玄関）を入ると、そこは床《ゆか》のない土間《どま》になっていて唐臼《からうす》（突き臼）や石臼（挽《ひ》き臼）なども置かれている。その後ろが台所でクドともよばれ、土の竈《かまど》や水甕《みずかめ》が置いてある。

ゆきの家は右勝手《みぎかって》なので戸口の右側に牛厩《うしまや》を配して農耕用の牛を飼っている。ゆきの家は自分の田畑を持つ自作農だったからまだましで、家の両脇に納屋と土蔵があった。田畑の無い水呑《みずの》み百姓（小作人）になると、台所と下の間だけの掘っ立て小屋のような家になる。

敬次郎も武士の俸禄《ほうろく》（給与）の大元《おおもと》は無論、百姓の納める年貢であると知っていた。ただそれは知識としての話だった。実感としては、藩主であるお殿様から拝領《はいりょう》する（戴《いただ》く）ものであった。

年貢の実態を見せ付けられた気がする。田の仕事がどの様なものか、未だに詳しくは知らない。それでも、家の様子を窺《うかが》い見るだけでも粒々辛苦《りゅうりゅうしんく》として伝わって来る。

敬次郎は何やら自分が罪人に思えてきた。胸が痛んだ。振り向くと、叔父《おじ》の浅右衛門《あそうえもん》も浮かない顔をしている。敬次郎も出されたお茶を口にした。煎《い》った茶なのだろうが、香ばしいを通り越してひどく苦い味だ。

浅右衛門《あそうえもん》は、二十年前に起こった山中一揆《さんちゅういっき》を憶い返していた。真庭《まにわ》郡の旭川上流一帯では、前年の旱魃《かんばつ》で米が全くと穫れなかったにも拘《かか》わらず、津山藩は翌年の享保十一年（一七二六）、年貢を四％上乗せした。そうでなくても津山藩は幕府直轄《ちょっかつ》の天領よりも十％も重い六十％の年貢を取っていた。その上に更なる負担を強《し》いた。当然のこと百姓達は不満を抱えた。納めようにも、どうにも納められない百姓達も居た。愚かな事に藩の役人は、納めなければ裏作の麦播《ま》きを禁ずると脅《おど》した。米の殆どは年貢に取られる。裏作の麦だけが百姓の主食であり命綱だった。それも禁じられたら『餓死《がし》』。

百姓達の気持ちは、不満から怒りに変わり『一揆《いっき》』の二文字が強く刻み込まれた。

悪い事にその年、藩主の松平浅五郎《あさごろう》が十一歳の若さで病死し、従兄《いとこ》の亦三郎《またさぶろう》が新藩主となり、取り潰《つぶ》しは免《まぬが》れたものの五万石が没収《ぼっしゅう》と決まり、その領地の倉米を没収される前に売り捌《さば》こうと勝手に持ち出した。百姓達の怒りは頂点に達し、取り戻そうと一揆に走った。米を取り戻す事に成功した百姓達は、勢いづいた。

山中《さんちゅう》地方の各村々から、弥次郎・忠右衛門・七左衛門といった指導者が選ばれ、中でも仲間村の徳右衛門はその中心となった。

百姓達の伝達手段であった天狗状《てんぐじょう》という回状《かいじょう》は異常な速さで村々を回り、五日後には久世の村に四千人の百姓達を集結させた。百姓達は米を取り返し、その勢いに乗じて津山藩に六ヶ条を直訴《じきそ》した。その内容は、本来の年貢米以外の課税の廃止、藩の手先ともいえる藩選出の庄屋を廃して農民の選出とする事、並びに庄屋の権利を農民に委《ゆだ》ねる事などを求めたものだった。

束《つか》の間《ま》、この『山中一揆《さんちゅういっき》』と呼ばれる一揆は成功したかに見えた。しかしこの要求は、藩にとって収入の激減というばかりではなく、『農民の自治』を認めることは武士支配の基盤である『封建《ほうけん》制度の崩壊』を意味するものであり、藩にとっては容認出来るものではなかった。

津山藩は、自主的に一揆を止めた者や密告者の罪の減免《げんめん》といった懐柔策《かいじゅうさく》を採る一方、鉄砲や大筒《おおづつ》（大砲）まで持ち出して武力で鎮圧《ちんあつ》し、徳右衛門《とくえもん》や弥次郎《やじろう》達百姓の指導者を処刑《しょけい》した。その鎮圧隊の中に浅右衛門も加わっていた。

翌年、山中地方は幕府に取り上げられ、天領となった。百姓達には四％の上乗せ課税分が取り消されただけで、それ以外の要求は何も通らなかった。天領になれば年貢が少し軽くなる、それがせめての報《むく》いであった。

『侍《さむらい》とは酷《むご》い者《もん》じゃ。百姓の生き血を吸《す》うとるのと同《おんな》じじゃあ』浅右衛門は、あの時と同じ気持ちになり、気が塞《ふさ》いだ。

ゆきは、敬次郎達の思いなどに気付くはずもなかった。それよりも敬次郎の姿をじっと見つめていた。胸に熱い想いを抱いて…。無理もない、貴公子《きこうし》が突然、目の前に現れたのだから。

以前に庄屋の息子を見た時に、なかなか立派なものじゃと感心したが、そんなもんとは比べ物にならん。やっぱり雛《ひな》人形のお内裏《だいり》様じゃと、ゆきは思う。すっきりとした目鼻《めはな》立ち、何とも気品のある立《た》ち居振《いふ》る舞《ま》い、それに着ているものも綺麗《きれい》じゃ…。

時折、目と目が合う。ゆきは恥ずかしゅうて眼を伏《ふ》せる。その度に一層《いっそう》、顔は火照《ほて》り、胸は息苦しゅうになる。そうじゃのに、何時までも眼を伏せちゃあおられん。もっともっと、お姿を見ていたいという欲望が、ゆきに眼を向けさせる。足が痺《しび》れているのも知らず、夢見心地で見つめていた。

「さて、行くかぁ、敬次郎」　老侍が腰を上げ、敬次郎に声を掛けて、ゆきの前に立った。

「旨《うめ》えお茶じゃった。手を煩《わずら》わしてしもうたぁ、済まなんだなぁ」

ゆきの頭を撫《な》でる老侍の仕草や言葉は、お礼というより何かを詫《わ》びているように感じられた。何の持《も》て成《な》しもしていないのにと、訳が解からなかったが、無礼だけは無かったのだと一安心もした。

若侍は黙って小さく頭を下げた。ゆきは急いで頭を地面に擦り付けた。遠ざかって行く草鞋《わらじ》の音が聞こえなくなって暫《しばら》くして、ゆきはやっと頭を上げた。

大声でないと届かない程に遠く、二人は去っている。ゆきは若侍の後姿に手を振った。目頭が急に熱くなったと思ったら、涙が流れてきた。涙の中に若侍の姿が沈んで消える。泣いていては別れたままになりそうな気がした。また逢《あ》える、きっと逢えると自分に言い聞かせる。涙を拭《ぬぐ》い、唇をきっと噛《か》んで涙を止めた。

再び眼に映った若侍は、振り向いてゆきに手を振ってくれていた。また逢える、必ず逢える。ゆきは確信した。

立ち上がろうとして、そのまま崩《くず》れた。足は痺《しび》れ切っていた。崩れた横座りのまま身を起こし、大きく手を振り続けた。間もなく二人の姿は峠の道に消えた。

やっと立てるようになった頃、親達が帰ってきた。母親は名を『やえ』という。縁側の茶碗を見つけて案《あん》の定《じょう》、金切《かなき》り声を上げた。

「ゆきぃー、こりゃあ何じゃあ！」

「旅のお侍さんが来られたんじゃ」

「嘘《うそ》じゃぁ！　庄屋さんとこなら兎《と》も角《かく》、内みてえな所に来る訳きゃあ無かろぅがぁ。本真《ほんま》は、誰が来たんなら？」　やえは信じない。無理はない、有り得ない話が起こっていたのだから。

「嘘じゃあ無えもん」　ゆきはそう言い返すのがやっとだ。やえはまだ眼を吊《つ》り上げている、納得《なっとく》していない。

ゆきは口を閉ざした。信じては貰《もら》えまい。それに、これ以上詳《くわ》しく話せば、夢のような出会いが穢《けが》されそうな気がした。叱《しか》られるより、たとえ叩《たた》かれるより、その方が悲しい。

「もうええがな、やえ。壊《こわ》れとりゃぁせんのじゃろう。もうさっさと了《しも》う（片付け）て茶漬けにせんかぁ、腹が減って堪《たま》らん」

父親の『林蔵《りんぞう》』の一声で、やえも渋々《しぶしぶ》承知して縁側の湯呑み茶碗を大事に抱えて台所に消えた。

この夜から、ゆきは毎夜、床《とこ》の中でこの出逢いを憶い返している。若侍の姿を、細かな仕草まで何度も何度も蘇《よみがえ》らせる。そう、確か名は、けいじろうさまじゃ。

この時、ゆきはまだ知らなかった。敬次郎が八塔寺の寺に入り、髪を落として聖の修行に明け暮れる身になるという事を。

# 3

# 旱魃《かんばつ》と蝗《いなご》

ゆきは庭先で砧《きぬた》を打ち、大豆の殻《から》取りをしていた。荒々しい草履《ぞうり》の音が聞こえた。顔を向けると義兄《あに》の藤吉《とうきち》が腕組みをし、踵《かかと》で地面を蹴《け》りながら歩いて来る。見るからに不機嫌《ふきげん》そのものといった様子だ。

眉間《みけん》は縦縞《たてじま》に歪《ゆが》み、何やら喚《わめ》き散らしている。近くに居ると飛んだトバッチリを受ける。

ゆきは戸口の近くから急いで離れた。

庭先まで来た藤吉は、凄《すご》い形相《ぎょうそう》でゆきを睨《にら》んでいる。何時《いつ》もの様な悪態《あくたい》は吐《つ》かない、無言だ。その方が怖《こわ》い。眼には殺意に近いものが潜《ひそ》んでいる。ゆきはそう感じた。自然に躰《からだ》が後退《あとずさ》る。血《ち》の気《け》が失《う》せ、震えが来た。

「くそったれー」

藤吉は食《く》い縛《しば》っていた口を開いて、唸《うな》るような一声《ひとこえ》を上げ、また直ぐに口を閉ざして歯を食い縛《しば》った。藤吉の躰《からだ》も小刻みに震えている。持って行き場の無い怒りに苛《さいな》まれていた。

義妹《いもうと》のゆきに八つ当たりしても何にもならない事くらい判り切っている。持って行き場が無くても、何処《どこ》かに吐《は》き出さなくては気が狂いそうだった。お返しの来ない弱い者の所に吐き出すのが一番手っ取り早い。

「おどりゃー」藤吉は、踵《かかと》で思い切り地面を蹴《け》り飛ばした。今度は物言わぬ地面に吐《は》き出した。勝手が違って、今度は少しばかりお返しが来た。踵が疼《うず》く。

腹立《はらだ》ち紛《まぎ》れに、ゆきが捎訳《しょうやく》（岡山弁の当て字：選び取り分けること＝きれいにすること）していた大豆を掴《つか》んでゆきに向かって打ち撒《ぶま》けた。

ゆきはいち早く背を向けて逃げ出していた。倉の裏手に逃げながら、身の置き場が無くなって行くのを犇々《ひしひし》と感じていた。

この年、備前の村々は、旱魃《かんばつ》（日照り）と蝗《いなご》（トビイロウンカで稲の害虫）の二重の被害《ひがい》に襲われた。

梅雨がいつもより早く上がった。空梅雨《からつゆ》だ。溜池《ためいけ》の水は七分にも満たない。岡山は、晴れの国と言われ、雨が少ない。夏ともなれば、夕立しか望めない。台風は、大雨も恵んでくれるが、洪水《こうずい》や山瀬《やませ》といった災害も引き起こす、有り難いより迷惑《めいわく》の方が大きい。頼りの溜池が水不足では、半《なか》ば不作は決まったようなものだった。

大庄屋・名主を初め、五人組頭の藤吉や小作人まで、不正な水引をしないように申し合わせ、水当番も決め、夜回り（夜警）も怠《おこた》らず平等な水管理を行うと約束した。水は上流から下流に流れる、自然の摂理《せつり》だ。とは言うものの下流の者にとっては不利。上流の者が約束を守ってくれるのを祈るしかない。自然と、下流の者には、被害者意識が生まれ、疑心暗鬼《ぎしんあんき》に陥《おちい》る。

『我田引水《がでんいんすい》』と言う言葉は、譬《たと》え話ではない。年貢を納めなければならない農民にとっては、切羽詰《せっぱつま》った、ぎりぎりの命懸《いのちが》けの行為《こうい》だ。

年貢米が納められなければ、不足は米を借りるか金で支払うかだ。その当ては、食い扶持《ぶち》を減らすか、出稼ぎか、田畑の切り売りか、家族の者の身売り。いずれにせよ、身を削《けず》るしかない。たとえ不正と分かっていても、一粒でも多くの米を作り、我が身と家族を守りたいのが、人情。

こっそりと他所《よそ》の田の水口《みなくち》を止め、我が田に水を引く。それが見つかると争いとなる。勢い、水争いに死人が出るのも珍しくもない事だった。

下流の神根村《こうねむら》から、再三《さいさん》、水が足らんと苦情を受け、その度、言い争いが起こった。時には小競《こぜ》り合いとなり数人の怪我人が出ていたが、村同士の争いにまで至らず何とか収まっていたのは、ぎりぎりのところで何度かの夕立があり、何とか旱魃《かんばつ》を免《まぬが》れていたからだ。

雨を降らせるには神仏に頼り祈る外ない。昔から様々な雨乞《あまご》いをやってきた。最先《まっさき》に池の水が干上がった滝谷村では、愛宕山《あたごやま》で千貫焚《せんがんだ》きをした。切り出した生木《なまき》を積み上げ、東国・播州の瑠璃《るり》寺から貰《もら》ってきた種火で火を着け、夜通し雨乞いの祈りを唱えながら燃やし続ける。生木の量が千貫《せんがん》にもなることから千貫焚きという。

百姓達は火を取り囲み「アーメークダサレ、スイジンノー、ミーズークダサレ、リューオーノー（雨を下され、水神様。水を下され、竜王様）」と唱えて祈る。

水が涸《か》れ、稲穂の先から三分くらいは枯れて黄色くなってしまった。もうこれ以上はと諦《あきら》めかけていた頃、やっと夕立が来た。夕立は一刻《いっとき》遅れで三日続いた。十日振りに田に水が浮いた。

八塔寺村では千だん焚《だ》きをすることになった。一だんは、薪《たきぎ》四〇貫《かん》だという。実際は幾《いく》ら焚《た》くのか分からない。雨が降るか、人々が諦めるか、それまで続く。八塔寺村の千だん焚きの種火は、遠く津山藩の勝田郡にある梶並《かじなみ》神社から貰ってくる。人々は行者山に登り、生木を切り出し、二間《にけん》（約三・六m）くらいの高さに積み、源粋《げんすい》和尚が念入りに慈悲救済の大日経《だいにちきょう》の経文《きょうもん》を唱《とな》え、火を着ける。その後、人々は次々に生木を焼《く》べながら、慈救《じじく》の呪《じゅ》と呼ばれる不動明王の真言《しんごん》を唱えて祈る。

「のうまくさんまんだ　ばざら　だん　かん　せんだん　まかろしゃだ　そわたや　うんたらた　かんまん」

敬順も法円も、お百姓達に加勢し一緒に木を切り出し積み上げた。年寄りと子供は留守番に残し、男も女も山に登れる者は総出《そうで》で加わっていた。

真夏の力仕事は一段と身に堪《こた》える。汗が滝の様に流れ、直ぐに息が上がる。敬順はへとへとになって、生木の枝の上に崩れる様に腰を落とした。水入れの竹筒に手を伸ばす。軽い。手応《てごた》えがない、すっかりみてて（岡山弁：みてる「満《み》つるの逆意語？」＝空になる）いた。

水を貰いに行かなくては…仕方なく、重い腰を上げようとした時、後ろから水筒が差し出された。振り向くと村の娘がいた。何処かで見覚えのある顔だが…？　思い出せなかった。

兎《と》に角《かく》、喉《のど》の渇《かわ》きが激しい。誰だろうと有り難い。敬順は小さく頭を下げただけで、礼も言わずに水筒を取り、一気に喉に流し込んだ。一呼吸《いき》入れて、また流し込む。やっと少し落ち着いた。ふうーっと大息《おおいき》を吐《は》いて、仰向けに身を倒す。切り払《はら》われて遮《さえぎ》るものの無くなった空間には、渇《かわ》ききった青い空から容赦《ようしゃ》の無い灼《あつ》熱い陽射しが降り注いでいた。

日差しを遮《さえぎ》ってくれるものがあった。人影がひとつ。敬順の顔を覆《おお》ってくれている。眼を向けても、日差しがきつ過ぎて、顔は影になっている。輪郭《りんかく》しか判らない。

暫く眼を細めていると、少しずつ見えるようになってきた。見覚えのある顔が、敬順を見つめていた。水筒をくれた娘だ。恥ずかしさを浮かべているものの、嬉しそうな顔をしていた。お礼代わりに微笑みを返した。一瞬にして娘は驚いた顔に変わり、すっと消えた。

敬順が躰《からだ》を起こした時には、木々の間に身を隠す後姿しか見えなくなっていた。口の中に苦いお茶の味が残っていた。水筒の中身は水ではなく、お茶だったらしい。酷《ひど》い苦さだが、懐《なつ》かしい味に思えた…?

敬順は、後姿と一緒に記憶を辿《たど》った…覚えがある…敬順が知っている娘の数は知れている…。行き着いた先は白い霧の中だった。

それとは別に敬順の指先に痺《しび》れのような快感が残っている。水筒を受け取った時に娘の手に触れた。何かしら悶々《もんもん》とした異性の煩悩《ぼんのう》を感じる。敬順は目を瞑《つむ》り、頭《かぶり》を振った。

仏門に入って以来、敬順はひとつずつ煩悩《ぼんのう》を消して来た。元々、居候同然《いそうろう》の身だったから大した欲は持ち合わせてはいなかった。それでもチャンスがあれば、分相応《ぶんそうおう》の妻も迎え、慎《つつ》ましやかに暮らして行こうとも考えていた。あの不祥事《ふしょうじ》さえなければ、或《ある》いはそう出来ていたかも知れぬとの…未練《みれん》も捨てた。

煩悩を捨てる日々の中で、初めて逆に煩悩を背負《せお》ってしまった。

『消さにゃぁ、早《はよ》ぅ消さにゃぁ』

敬順は、拳《こぶし》を作り二の腕にぐっと力を込めて、穢《けが》れた指の感触を振り払った。力を抜くと未だ穢れは微《かす》かに残っていた。

そんな煩悩を一気に吹き飛ばす、有り難い罵声《ばせい》が後ろから飛んで来た。

「こりゃぁ敬順、何ぅしょんならぁ。ぼけぇーっとしとったら負《お》えん（駄目《だめ》）がな、さっさと運べぇ、お前《めえ》はぁ！」

法円さんが目を剥《む》いて怒っていた。怒っている割には、嬉しそうでもある。人前で敬順を叱《しか》り付けることで大兄《おせ》（岡山弁：大人のこと＝一人前：転じて偉《えら》そう）が出来て、満足なのだろう。まだ続きがあった。

「えぇか敬順、雨乞《あまご》い法要《ほうよう》は、現世利益《げんぜりやく》・衆生救済《しゅじょうきゅうさい》の大切なお勤《つと》めじゃ、今こそ仏門の法力を持って村の人達《ひとたち》ゅぅ助けにゃぁならんのんどぅ」　和尚の言葉の受け売りをして、法円さんは得意げだ。

何にせよ、一時的には煩悩が消えた。敬順はまた陽射しに灼《や》かれながら働いた。

時々、背中越しの視線を感じる。辺《あた》りを見渡して、敬順が振り向くと、その視線は消える。そこには何時も、背を向けた娘の姿がある。いつの間にか煩悩はそっとまた戻《もど》っていた。

千だん焚《だ》きは村人の最後の望みだ、失敗する訳には行かない。これまでにも幾つかの雨乞いは遣《や》っていたが、大した効き目はなかった。

ある村には、大師谷《だいしたに》という所のたきつぼ滝壺にいる鰻《うなぎ》を取って酒を飲ませ、再び滝壺に戻すと雨が降るという言い伝えがあった。滝壺は殆ど干上《ひあ》がっていたから鰻をつか捕まえるのはそう難しくはなかった。言い伝え通りに酒を飲ませお祈りをして滝壺に放した。

別の村では藁《わら》で竜の形を作り、水を掛け、太鼓を叩いて雨乞いをした。

願いは届かず、雨は降らなかった。

敬順達も手を拱《こまぬ》いていた訳ではない、毎日、和尚様と三人で雨乞いのお経をあげていた。

しかしながら、時に雨雲が浮かぶ事はあったものの、雷も鳴らず、雨粒が落ちてくることはなかった。

「今年ぁ、ぼっこう烈《きち》ぃなぁ（ものすごく難しい）。鐘の竜頭《りゅうず》を洗わにゃぁならんかも知れん」　苦悩を浮かべて、源粋和尚が呟いた。

村人達も同じ事を考えていたとみえ、二三日も経たない内に、名主と組頭の代表が寺に頼み込んで来た。

寺には、藩主の池田光政《いけだみつまさ》公から寄進されたという釣鐘《つりがね》がある。その竜頭を奥稲池の水で洗うと、竜神が雨を降らせるのだという。

敬順達も手伝い、十人掛りで荷車に乗せて運び、殆ど干上がった池の濁り水で竜頭を洗った。功《こう》を奏《そう》したのか、三日後に一雨《ひとあめ》来てくれた。喜んだのはその日限りで夕立三日《ゆうだちみっか》というのに、この時はそれっきりもう雨は降らなかった。

これで雨が降らなければ、確実に稲は枯れる。生木を切り出す百姓達の表情は切羽詰《せっぱつま》った必死の形相《ぎょうそう》だ。娘の視線などに気を取られている自分を恥ずかしく思った。そのとき煩悩が消えた。

新たに広く切り開かれた行者堂《ぎょうじゃどう》の側に高さ二間《にけん》の生木《なまき》が積まれ、取り囲む村人の後ろにも生木が山の様に積まれている。千だんというのも大袈裟《おおげさ》では無い。込《こ》められた期待の大きさが解かる。期待などと生半可《なまはんか》なものでは無かろう、最後の頼みの綱なのだ。

千だん焚《だ》きが始まった。源粋和尚の読経《どきょう》が最高潮《クライマックス》に達したとき、水垢離《みずごり》を取り白装束《しろしょうぞく》に身を包んだ名主が火縄を吹いて火を着けた。ジジジーと小さな炎が段々と大きくなり、生木を包む。パチパチと葉が弾《はじ》けながら生木が燃え始める。

その頃になると、積まれた生木の上に白い煙が立ち昇る。やがて昇る煙は一面に広がり、弾ける生木の音は一段と大きくなる。煙の中に小さな炎が現れ、忽《たちま》ちのうちに炎は揺れながら大きな火柱《ほばしら》となった。和尚の読経は続く。やがて不動明王を唱える真言《しんごん》が始まった。村人達も倣《なら》って唱和《しょうわ》を始める。

「のうまくさんまんだ　ばざら　だん　かん　せんだん　まかろしゃだ　そわたや　うんたらた　かんまん」　唱和は続く、始め不揃《ふぞろ》いだった真言も時と共に鮮やかな調和《ハーモニー》に変わって行く。

夕焼けの残照すら消え、闇が山頂を覆う。闇が深まれば深まるほど、炎は鮮やかに耀《かがや》き、祈る者達を神秘的に映し出す。

積み木の丈《たけ》が低くなれば、新しい生木の束が焼《く》べられる。唱和は絶えることなく、火は燃え続け、竜神に雨乞《あまご》いの願いを届ける煙を天高く送る。

夜が明けた。声は小さくなっているものの唱和は続いていた。項垂《うなだ》れて眠っている者、横倒しになっている者、眠りから覚め唱和に加わった者、眠らず唱え続けた者。夫々《それぞれ》の一夜が明けた。和尚も法円さんも、勿論、敬順も眠ってはいない。

夏の朝は早い。日の出とともに、眩《まぶ》しい日差しが、厭《いや》でも人を眠りから叩《たた》き起こした。男達は生木を積みまた唱和を続け、女達《おなご》は茶の子《ちゃこ》（朝飯前に食べる簡単な食事）の用意を始める。

真先に和尚に茶の子《ちゃこ》が運ばれた。団子汁に大きめの茄子《なす》の味噌漬けが二切《ふたき》れの載せられている。適当な大きさなら三切《みき》れ分以上はある。三切《みき》れは身切《みき》れに、四切《よき》れは世切《よき》れになるとの迷信《めいしん》を嫌っての事だ。

和尚は村人達から先にと遠慮《えんりょ》するが、村人達は頭《かぶり》を振る。先に食べなくては、村人達も食べられない。和尚は両手で汁椀《しるわん》を頭上に拝《はい》し「戴《いただ》きまする」と礼を述べ、団子に箸《はし》をつけた。

村人は、米櫃《こめびつ》の底を浚《さら》ってでも寺の者には米の飯を出す。和尚はそれを断った。気持ちを一つにするには、みんなが同じものを食うことじゃと。

食事が済むと、和尚はまた唱和を始めた。茶《ちゃ》の子《こ》は次に法円さんに、その次には敬順に運ばれ、その後やっと村の男達に茶の子が回った。

女達は作り運ぶばかりで、誰一人口にする者はいない、男達が済むまでじっと待っている。敬順が見渡すと、ゆきは煙る火の前で鍋汁を炊《た》いていた。赤らんだ顔からは汗が流れ落ちている。キュッと胸が痛んだ。

午後になって、やっと和尚は木陰で暫《しば》しの眠りに就《つ》いた。法円さんは眠ろうとしない、それなら敬順も眠れない。二日目の夜になった、唱和は途切れること無く続いている。また和尚が先達《せんだち》を勤《つと》めている。夜中になった。

村人は交代で雨乞いを務める。声は嗄《か》れ、疲れてか細くなっている。それでも火を絶やさず、祈りも止めない。敬順達も止める訳には行かない。

「のうまくさんまんだ　………　だん　かん　………　まかろしゃだ　うんたらた　………

………」　時折、不意に意識が落ち込んで行く。声は遠のき、瞼《まぶた》が落ちる。躰《からだ》は自律《じりつ》を失い崩《くず》れて大きく鞭打《むちう》つ、それが衝撃《しょうげき》となって意識は戻《もど》る。瞬時《しゅんじ》の眠りに落ちていた。

『眠ちゃぁいけん』　大きな声で不動明王の呪文《じゅもん》を唱える。

　和尚が振り向いて敬順に小声で告げた。

「敬順、お前が先に少し休め。儂《わし》は朝までなんとか勤める、法円もその頃が限界じゃろぅ。その後は、暫《しばら》くお前が勤めてくれぇ、頼んだぞ。早雲が来るまでな」

　敬順は村人に、和尚と交代に起こしてくれるよう言伝して行者堂の前に寝転んだ。真夏とはいえ山頂の夜は肌寒い、筵《むしろ》に包《くる》まって眠った。

　三日目の朝が開けていた。和尚は茶の子が済むと直ぐに木陰に身を横たえた。それから半《はん》刻《とき》が過ぎた頃、法円さんの声が消えた。座ったままで眠り込んでいた。村人達がそっと木陰に運び、代わりに敬順が揺り起こされた。眼を擦《こす》って薄目を開けると、名主が立っていた。

「敬順さまぁ、疲れとりんさるのに悪《わり》いことじゃが、起《お》っ遣《つか》ぁせぇ。お坊さんが居られんじゃぁ念が届かん。儂らもここが正念場ですけぇ」

眼は覚めているのに意識が薄い。体も浮いている様で頼りない。敬順はよたよたと歩き、焚き場の前に座った。和尚も法円さんもいない、火を囲む村人達は、縋《すが》る眼差しを敬順に向けてくる。未熟だろうが何だろうが自分が勤めるしかない。「カァーッ」自らに喝《かつ》を入れ、呪文を唱える。

―三日目―

真夏の陽射しは後ろから身を灼《や》き、生木の炎は前から身を焼く。汗が滝のように流れる。運ばれてきた茶の子も朝飯《あさめし》も喉《のど》を通らない、食欲は全く無い。竹筒の水だけで命を繋《つな》いでいる様なものだが、その水も儘《まま》ならない。既に枯れた井戸も多い。水を行者山まで運ぶのも容易ではない。人の数は多い。

正午が近づいていた。流れる汗も底をつき、渇《かわ》き切って、喉は声を嗄《か》らし、唇はひび割れ、呪文は声をなさず、ヒーヒーと喘《あえ》ぎをあげる。眼を開けていることも出来ず、あやふやな意識の中だけで呪文を唱えている。

立ち込めていた熱気がふうーっと、ゆきの顔を撫《な》でた。《…風か…》何気なく感じた風は次第に強くなり、漂《ただよ》っていた熱気をすっかり払い、お堂の周りに繋っている木の葉をさらさらと靡《なび》かせ始めた。ゆきは風に顔を向けた。

吹き込んでくる風は冷気を呼び、火照《ほて》ったゆきの体を心地よく涼《ひ》ややかに過ぎる。ゆきは眼を閉じ風に身を任せた。心地良いと思えたのは束の間だった。瞬《また》く間《ま》にゆきの髪を振り乱し、着物すらは剥ぎ取ろうとしている。眼を開けて見ると、突風《とっぷう》が木々の枝を引き千切《ちぎ》り、幹を揺らせていた。村人も驚き慌《あわ》てて次々に行者堂や仮小屋《かりごや》に逃げ込んで行く。

メキメキッ、バキィーン。風の道に当たった木々は裂《さ》け、根こそぎ薙《な》ぎ倒されて行く。ゆきは必死で行者堂の柱にしがみ付いた。

柱越しにあちこちと敬順を捜した。格子戸から覗《のぞ》いても、お堂の中には見当たらん。風に飛ばされたかもしれん、風の通りに眼を凝《こ》らす。居られん…何処じゃろぅ。

遠い意識の中に激しい風音が聞こえる。結跏趺坐《けっかふざ》したまま敬順は動けない。意識すら朦朧《もうろう》としている。それでも声にならない呪文を唱え続けていた。

やがて突風《とっぷう》が鎮《しず》まり、村人達もお堂から出て来た。逃げ遅れていた数人の村人が何やら騒ぎ出した。

「お前《めえ》は見なんだかぁ？　儂《わし》ぁみたで」

「確かに、儂も何か見たような気がするでぇ」

「白ぇ着物を着た者が飛んで行きょぅったろぅが」
「白だげじゃあねぇ、黒ぇ衣も着とったでぇ」
「儂ぁ聞いたことがある、ありゃぁ間違ぇねぇ、天狗じゃーぁ」

行者堂の近くには、《天狗のとまり松》と呼ばれる大きな松の木がある。山を下った城ヶ畑にも《天狗の遊び松》があり、八塔寺の天狗が松から松へ飛び移るとき、激しい突風が吹くのだと、そんな話が言い伝えられていた。ここの天狗は、鼻は高くなく、白髪の老人で役《えん》の行者《ぎょうじゃ》の姿をしているのだという。

和尚も村人達も、そうかも知れんと一様に頷《うなず》き合った。不思議な事に、行者堂と千だん焚《だ》きの場所だけは、風が避《さ》けて通ったかの様に何の乱れも無かったのだから。

有り難い事に、天狗の突風は、竜神からの承諾状《しょうだくじょう》であった。間も無く北の山の稜線《りょうせん》に黒い雨雲が現れ、次第に大きく空に広がり、やがて太陽をも覆《おお》い隠《かく》した。突然、空に閃光《せんこう》が走り、雷鳴《らいめい》が天地を裂《さ》き、地響《じひび》きが行者山を揺《ゆ》らした。

それを期に、ポツリ、ポツリと大粒の雨が大地を叩《たた》き始めた。閃光と雷鳴の度に雨脚《あまあし》は激しくなり、やがて滝のように降り注いだ。

千だん焚きの火も瞬《またた》く間に掻《か》き消された。皆、我先にとお堂や仮小屋《かりごや》に駆け込んで行く。

雨に打たれて敬順も正気を取り戻していた。

「バリー、バリバリバリ、バリーーッ」

空に近い山頂では、雷の迫力は一段と凄《すさま》じい。堪《たま》らず敬順もお堂に逃げ込んだ。

お堂の中では女達が一塊《ひとかたまり》になって、頭を抱えて震えていた。男達も最初は顔を見合わせて大雨を喜んでいたものの、雷の余りの激しさに次第に蒼褪《あおざ》め始めていた。

行者山はこの辺りでは一番高い。従って、雷の落ちる確率も一番高い計算になる。雲と山とが稲光《いなびかり》の帯で繫《つな》がった。間を置かず、大地が震え雷鳴が轟《とどろ》く、近くに落ちた証拠だった。

お堂の格子戸から見ていた敬順は、思わず眼を瞑《つむ》り両手で耳を塞《ふさ》いだ。その時だ、誰かが敬順の体にしがみ付いた。誰か？　と、眼を開け、塞《ふさ》いだ手を緩《ゆる》めた。雷の青白い光が娘の姿を連続閃光《フラッシュ》の中に描き出した。見覚えのある着物…。

「ズドドドーン」

また近くに雷が落ちた。

娘が悲鳴を上げた、咄嗟《とっさ》にその娘を庇《かば》って腕《かいな》の中に抱き込んだ。落雷は続く。

敬順も雷は大の苦手だ、どちらが庇っているのかしがみついているのか判らなくなった。

周りから見れば、抱き合っているとしか見えなかったらしい。

「もう雷様は去《い》んだぞな」

村のお年寄りに軽く背中を叩《たた》かれた。そう言われて見れば確かにもう雷鳴は消えていた。敬順とゆきは弾《はじ》ける様に体を離した。

「敬順様も隅に置けませんなぁ、皆の衆の前でゆきと抱きおうてぇ、お顕態《けんたい》（岡山弁の当て字：公《おおやけ》にするといった意味＝大胆）な事じゃ」

見ると、村の者達は皆、含み笑いをして二人を取り囲んでいた。冷やかしと呆《あき》れ顔と一緒に、羨望《せんぼう》の眼差《まなざ》しも投げながら…。

ゆきは恥ずかしさで顔を真っ赤に染めているが、それと同じだけの幸せもしっかりと感じていた。

『敬順様の傍に居られた。その上、抱きしめて貰《もろ》うた』

ゆきも雷は大の苦手だ。いつもなら、眼を瞑《つむ》り耳も塞《ふさ》いでただ震えている。今日は違う、傍《そば》にいて欲しい人がいる、自分も一緒に居たい…その思いが怖さを凌《しの》いでいた。敬順様が雷に打たれるなら、いっそ一緒に…

怖さに耐えながら、お堂の格子戸まで歩み寄った時、敬順様が駆け込んで来られた。直ぐさまにでも、しがみ付きたかった。それでは、仏門の敬順様に迷惑が掛かるのは明白、次の雷が鳴るのを待った。期待は直ぐさま叶《かな》えられた。ゆきはしがみ付いた。

一方、人前で冷やかされた敬順は、またこの娘か、困ったものだと溜息をついた。なのに何故か、腹が立たない、そんな自分に少し途惑《とまど》いを感じていた。

そんな二人の姿を、人混《ひとご》み越《ご》しに見つめる灼《あつ》い嫉妬《しっと》の双眸《そうぼう》があった。それには、ゆきも敬順も村人の誰しも気付かなかったが…。

今度の夕立は夕立三日に背《そむ》かず、大雨を齎《もたら》してくれた。百姓達は、ほっと胸を撫で下ろし、和尚や敬順達に丁寧《ていねい》なお礼をしてくれた。

だが喜んではいられなかった、まとまった雨はこのときばかりで、その後は殆《ほとん》ど降る事が無かったのだ。

なのに誰ももう一度、千だん焚きをとは口にしない。体が持たない、命掛けの祈祷なのだ。ひと夏に何度も出来るものではないからだ。もう残りの水で凌《しの》ぐしかない。

徹底した水管理が功《こう》を奏し、何とか、例年の三割減位の作柄《さくがら》で収まりそうだった。小作人には一粒の屑米《くずまい》も残らないものの、年貢米だけなら何とかなる。

やれやれと胸をな撫で下ろした矢先、稲を粟粒《あわつぶ》の様に虫が覆《おお》った。今ではトビイロウンカに分類される秋ウンカの大発生だった。

ウンカは螟虫《メイチュウ》とともに稲の二大害虫群と呼ばれる。螟虫《メイチュウ》は隋虫《ずいむし》ともいわれ幼虫が稲の茎《くき》を食い潰《つぶ》し心から枯れさせる。一方のウンカは稲の葉や茎の表面から養分を吸い尽くし、稲を枯らす。

この頃、蝗《いなご》は稲虫《いなむし》と呼ばれ、百姓達からは恐れられ忌《い》み嫌われていた。蝗といえば通常バッタの事だが、日本の歴史の中で蝗害《こうがい》と呼ばれている被害の大部分はこのウンカ・メイチュウだといわれている。

ウンカは夏になると自然に発生するものと思われていた。だからウンカが湧《わ》くと言う。実はウンカは越冬出来ない。東南アジアで繁殖し中国南部に北上して、そこから南西風の下層ジェット気流に乗り日本にやって来る。海を渡る時は羽《はね》の長い長翅型《ちょうしがた》のものが、日本の繁殖場所に着くと次の世代では短翅型《たんしがた》となり、余り移動せず大量発生する様になる。

百姓達は一様に蒼褪《あおざ》めた。蝗虫《いなむし》が稲を枯らす兆《きざ》しだ。

「ぼっけぇー事になるどぅ。蝗《いなご》が湧《わ》いとる」

「和意谷《わいだに》の田んぼにゃぁ、もう遣られたとこもあるらしいがな」

「ぼちぼち、こっちも危ねぇなー」

「どねぇなんなら、今年ゃぁ、雨は降らんし蝗虫《いなむし》ゃぁ出るし、わしらぁ百姓にとっちゃあ萎《すば》ろぅしい（岡山弁：萎《しぼ》む＝景気の悪い・貧しい・萎《な》える）話ばぁじゃ」

「ほんまになぁ、野致《やち》（野の地？　野の風情＝野蛮）も無ぇ（岡山弁：野蛮な地に於《お》いても無い＝とんでもない）こっちゃ」

「…なんで百姓ばぁ、辛ぇ思いをせにゃあならんのんならぁーッ」……口をつくのは愚痴ばかりだ。

中《あた》らなくてもいいのに…農民の不安が的中した。

田の中に立ち、切り竹を振り回し、蝗を追い払う。皮肉な事に、蝗は振り回す竹の葉にまでも群がり食い尽くそうとする。もう成す術は無い。百姓達は、茫然自失《ぼうぜんじしつ》として立ち竦《すく》んだ。

『もう、去《い》んでくれぇ〜〜っ。他所《よそ》の田圃《たんぼ》に行ってくれぇ〜〜……頼まぁ〜〜…』

蝗が他所の田に行けば、他所の田が荒らされるのは解かり切っている、それでも他人を犠牲《ぎせい》にするしか自分が助からない。解かっていても理不尽《りふじん》な願いをするしかない。そこに百姓達の切羽詰《せっぱつま》った悲しみがあった。

もっと悲惨《ひさん》なのは、その後更《あとさら》に理不尽《りふじん》では済まない、百姓の悲運が待っている事だ。最終的には、年貢は村の連帯責任であった、自分が負担を果たしたからといって済むものではない。付けは必ず、また自分達に戻って来た。

無論、百姓達も虫除けにも手を尽くしていた。稲虫が付かないように手は打ってある。といっても、その方法は呪《おまじな》いだ。

芸州広島から伝えられたという「虫付かざるの咒《まじない》」もした。きれいな桶に水を入れ、その水に指で『多擲沱波羅跋題蛇婆提《だていたはらはったいじゃはでい》』と何度も書いた後、種籾《たねもみ》を入れてよく洗う。その種籾を他の籾と混ぜて苗代《なわしろ》を作ると稲虫が付かないのだという。

効き目が有ると言う藩からお達しの『蝗《いなむし》の呪《まじな》い』に従い、鳥の羽《はね》・麻の葉で田も扇《あお》いだ。

その全てが、空しく徒労《とろう》に終わった。

作柄は平年の六割、悪い田では半分も無い。

藤吉の顔色が変わっていた。

年貢の納《おさ》め時《どき》になっている。今日も組頭二人が名主に呼び出された。藤吉も組頭の一人だ。

藩は全土で五十〜六十名の大庄屋《おおしょうや》を任命し、十から二十の村を統治させ、それぞれの村には名主《なぬし》を置き、その下に、読み書き算盤《そろばん》の出来る者から組頭《くみがしら》を選んで百姓衆を管理させていた。

組頭というのは藩から命じられて作った五人組という隣保《りんぽ》組織の代表者で、五人組を管理する。五人組は隣あわせの者達が五戸から十戸で一組となり、農繁期の助け合いから冠婚葬祭の付き合いの相互扶助《そうごふじょ》を義務付けられ、同時に年貢や犯罪の連帯責任と相互牽制《けんせい》も背負わされていた。

お達しの一文には「何事によらず五人組の内、悪心《わるごころ》ある者これある時は、同意仕《つかまつ》らず罷《まか》り出て有姿《ありてい》に申す輩《やから》これあるに於《お》いては、組合の過怠御免《かたいごめん》なさる可《べ》く候《そうろう》」とある。即ち、組内に悪いことをする者がいても、その過《あやま》ちを届け出れば他の者は許されるというのである。監視役も担わされていたと言っていい。

組頭になったのは藤吉の父親の代になってからだ。藤吉は大人になり、力の落ちた父親に代わって実質的に家の大黒柱になっていた。ある年、前の組頭の家では屋根の修繕《しゅうぜん》をしていて、親子の男衆が落ちて大怪我をした。男手《おとこで》が無くては、田畑の仕事も組頭のお役目も務まらない、組頭を代える必要があった。

藤吉は、名主に「うちの親父《おやじ》じゃどうじゃろか?」とこっそり持ち掛けた。

組頭になれば、高掛物《たかがかりもの》という一割の附課税《ふかぜい》が免除《めんじょ》になる。が、それが藤吉の狙《ねら》いではなかった。常々、組頭から得意《した》り顔で、お上からのお達しじゃからと言われるのを口惜《くや》しい思いで聞いていた。

『異《け》なり（岡山弁：異《こと》なる＝普通ではないもの＝素晴らしいもの＝羨《うらや》ましい）ぃーのう』

田畑の持ち量も大した違いはない、藤吉は思った、今こそ取って代わる可《べ》しと。

思いは叶《かな》い、跡目《あとめ》を継いだ藤吉が組頭となった。組内の者達にあれこれと指図《さしず》をする時、藤吉は誇《ほこ》らしい気持ちで一杯だった。当然、機嫌《きげん》も良く、家族の者達にも優しかった。不作でなければそれで済んだ。

それが今、臍《ほぞ》を噛《か》む思いに変わっている。藤吉の持ち田の半分の早稲田は被害が少なくて済んだ、米は残らず納め、残りは有り金を全てはたけば自分の年貢は何とかなる。組頭でなければ、幾らかの豆や粟でも売って、足らずの足しにと差し出せばそれでも済んだのだが。

藤吉の組内の半分が欠落人《かけおちにん》（規定どおりの年貢の納められない人）になりそうだった。欠落人の事を和気の郡《こおり》では『村惑《むらまど》い』とか『村弁《むらべん》』と呼んだ。『村惑《むらまど》い』とは村に迷惑を掛けた者の意であり『村弁《むらべん》』とは村人に弁償をさせたものを意味する。

『村惑《むらまど》い』となった者は所有の田畑を村に差し出す。この田畑を散田《さんでん》と言う。散田の多くは元々や痩せた収穫の少ない土地が多い。村に差し出されても誰も作り手が無い。負担はそのまま村人の課税となる。連鎖反応《れんさはんのう》が続くと村人の全てが村惑いとなり『離村』の破目《はめ》に陥《おちい》る。村惑いになった者は家も取り上げられ『寄《よ》せ小屋《ごや》』という掘っ立て小屋に住まわされ、百姓の身分も格下となり、乞食《こじき》並の所帯道具しか持たせて貰《もら》えず、村人に対しても身を慎《つつし》んで遜《へりくだ》る下人《げにん》扱いとされる。負債を返済すれば元の百姓に戻れる決まりだが実現性は低い。殆どの者は家族共々、小作人《こさくにん》や下働《したばたら》きとなり、更には淘汰《とうた》されてゆく者も少なくなかった。

その者達の分の負担など出来る訳がない。それでも、組頭は逃げられない。名主ともども責任を取らされる。藩全土が同じような被害に遭《あ》っているから、少しの免除はあろうがどこまでのものか、借金を背負うのは免《まぬが》れない。下手をすれば咎《とが》めを受け、田畑没収《ぼっしゅう》の上、入牢《じゅろう》申し付けられる。

腹立ち紛《まぎ》れに、大豆を掴《つか》んでゆきに向かって打《ぶ》ち撒《ま》けたが、それでも腹の虫が治まらない。入り口の格子戸を蹴倒《けたお》して家の中に入った。

心配顔で立つ妻のなつにも散々《さんざん》に当り散らした後、囲炉裏《いろり》の前に大の字に身を投げた。もう誰も逃げ出して近くにはいない。猫すら迸《とばっち》りを避けて姿を消している。

時が経ち、冷静になってみれば、八つ当たりしても無駄と分かるし、愧《は》ずかしくもあった。

その先の何か良い手立てを考えてみた…。が…何も無い…何も無かった…。分限者《ぶげんしゃ》（資産家・金持ち）の家からでも借金をするしかない、田畑を抵当《ていとう》に。もしその金が返せなければ、田畑を失い小作人に落ちる。暮らしはもっと酷《ひど》いものになる。身代《しんだい》を潰《つぶ》した暗愚《あんごう》（バカ）者《もん》じゃと後々までも笑いものにされる。ええ格好しいの藤吉にはそれも耐えられない。

組頭なんぞになるんじゃぁなかったと、頭を抱えたが、もう遅い。どの組頭も苦しいのは同じだとしても、苦しみが和《やわ》らぐ訳ではなかった。何故《なんで》自分が…と、持って行き場の無い苦しみに身を焼かれる。

「わぁ〜ーーーッ　わぁ〜ーーーッ」

藤吉は、大声で叫《さけ》んだ。叫んでどうにかなる筈もないが、そうでもしなければ気が狂ってしまいそうだった。八つ当たりは続いた。家族に八つ当たりすれば、ほんの一時でも気が治まる、藤吉は当たり散らした。

特に居候者《いそうろうもの》のゆきへの風当たりは一番強かった。以前、酔って手込めにされそうになり逃げて敬順と出会った夜も怖かったが、今の剣幕はそれとは比べ物にならない程に激しい。殺意を感じる。下手に逆らえば間違いなく叩《たた》き殺されよう。殺されなくても、もっと辛いかも知れない運命が待っている。ゆきはそう直感した。

納める年貢米を集めてみて、どうにも成らない現実を突きつけられた藤吉にはもう逃げ場も逃げる時間も無かった。自分自身が地獄の入り口に立たされていた。助けが欲しいのは自分だった。なのに、その術《すべ》は何も無い。気が狂いそうだった。気が狂ってしまえば楽になれると思うのに、狂ってしまえない。喚き散らし、当たり散らすしかない…それしか…なかった。

もう姉のなつにも止められない、気にするなと後で慰《なぐさ》めるしか出来ない。その慰めも、居場所が無いゆきには、慰めにならない。

藤吉の喚き声が耳から離れない。

「お前は、養ぅて貰ぅとる恩をちぃとでも返そうという気は無ぇんかぁ、おどりゃーッ。何にも出来んのんなら己《おどれ》の身を…」

# 4

# 離散《りさん》

己《おどれ》の身をどうしろと…その先はゆきにも察《さっ》しがつく。何処にどう売ろうと勝手だが、金の都合をつけてこいと言っているのだ。

来るものが来てしもうたと…ゆきは思う。躰《からだ》は行く末を悟って早々と震えているのに、意識は余りの怖ろしさを認めたくなくて他人事みたいに未《ま》だ漠然《ぼんやり》としている。

嘘《うそ》じゃ、嘘じゃと自分に言い聞かせた。その度に、村人の苦渋《くじゅう》の顔が浮かび、藤吉やなつの悲壮《ひそう》な姿が浮かぶ。嘘じゃない、嘘じゃないと逃れられない現実に思いが及ぶと、ビクンと躰が勝手に鞭打《むちう》つ。顔は強張《こわば》り涙も凍《こお》りつく。

その夜、ゆきは何度も敬次郎の顔を憶《おも》い浮かべようとした、なのに脳裏《のうり》は暗い闇に覆《おお》われたまま何も浮かんでは来なかった。

神仏に祈る様に、敬次郎さま…敬次郎さま…と、その名を呼び続けて、眠れぬ夜を明かした。

その名を呼んでいなければ、奈落《ならく》の闇に落ちてしまいそうな恐怖がある。名を呼ぶことだけで、ぎりぎり生きていることが確かめられている。敬次郎と出会っていなければ、もはや生きてはいられない…仮令《たとえ》生きていたとしても動く屍《しかばね》に過ぎない。何の望みも無い。

だからといって、敬次郎が救ってくれる保証などありはしない。あの人の近くに居たならば、何時か救って貰《もら》えそうな、そんな予感…いいや、勝手な思い込み…それどころか、きっとお伽話《とぎばなし》の儚《はかな》い夢…。　…そうに違いないのに…　坊さんと娘のコロビ（恋愛）など、以ての外。親兄弟はおろか、仏様ですらお許しにはならん所業じゃのに…何を暗愚《あんごう》（岡山弁‥暗愚《あんぐ》の訛り？＝阿呆・馬鹿）な事を。それでも幻の救いにゆきは縋《すが》るしかない。

寺子屋にすら行った事の無いゆきは、読み書きも出来ず、世の中の道理もよく知らない。親や近所の者達から聞いた話が知識の全てだ。それすら満足に理解出来ているのかどうか。

ずっと幼い頃に、こんな記憶がある。同じ村に連れ合いのおじいさんを亡くしたおばあさんがいた。そのおばあさんは、月命日には必ず檀那寺《だんなでら》に供養に出掛けていた。ある日、ゆきが道端で遊んでいると、一緒に行かんかと、お寺参りに誘われた。

滅多《めった》にお寺に行くことも無いゆきは、何やら楽しみで物見遊山《ものみゆさん》といった気持ちで付いて行った。

「今日も拝《おが》まして貰いますでぇ」

おばあさんは、本堂の前で一言そう声をかけると、住職の返事も待たず、勝手に階段を上がった。戸を開けて大きな仏様の前に座わると頭を低くし両手を合わせた。

ゆきは後ろでおばあさんの真似をした。何やら小声でおばあさんは唱えていたが、訳が解からないから、黙って仏様の顔を見ていた。

怒っている様にも見え、優しそうにも見え、悲しそうにも見え、恐ろしそうにも見えた。大きな仏様じゃった。阿弥陀如来《あみだにょらい》というのじゃそうな。おばあさんが教えてくれた。この仏様に祈れば、誰でも死んだらお浄土《じょうど》に行けるという。お浄土というのは、それは美しゅうて、楽しいところなんじゃと。

見ているうちに、何やら引き込まれてお浄土に連れて行かれそうな気がして、ゆきは怖くなって後退《あとずさ》った。どんなに良い所でも死ぬのは怖い。ゆきの生存本能が拒《こば》んだ。

おばあさんのお祈りはひどく短いものだった、足が痺《しび》れる暇《ひま》も無く終わってしもうた。

何を拝んだん？　とゆきは訊いた。

「おじいさんが極楽浄土に行けますように言うてな。せえから、このばあさんも死んだら極楽浄土でおじいさんとまた一緒になれますように言うてな、お願いしたんじゃ」

おばあさんは照れ笑いしながらそう言うた。

「死んでからじゃねえといけんのん（ダメなの）？」

おばあさんは暫《しばら》く考え込んどった。

「…しっかり拝んでお願いしたら、生きとる内《うち》でも叶《かな》えて貰えるかも知れんなぁ」

おばあさんは、ハァと溜息交《ためいき》じりに答えた時、悲しい顔になっとった。

「そうしときゃあ、良かったかも知れん。おじいさんが生きとる内に」

門外の石段を下りている時、おばあさんの独り言を聞いた。

現世利益《げんぜりやく》と言うんじゃそうな。ゆきはあのおばあさんの独り言を信じたい。

ゆきは少しばかりのお金を持っていた。一家離散の代償に残された悲しい金だった。姉なつの家に厄介《やっかい》になれるゆきには僅《わず》かな金しか渡されなかった。


ゆきが敬次郎と初めて出会った頃は、自分の田畑を持った自作農だった。とはいえ、自作の田は少なく、それ以外は名主からの預かり田で小作もやっていた。預かり田というのも、元はといえば自分の田であった。父親の『林蔵《りんぞう》』の前の代に流行病《はやりやまい》があり、その時の借金の形に名主に譲《ゆず》り渡したものだ。

愛着もあるが、耕す度に遣《や》り切《き》れない思いも募《つの》った。藩に納める年貢米の外に地主の庄屋に納める加地子《かじし》（小作料）の米俵を荷車に乗せる時、林蔵は辛《つら》い溜息《ためいき》を吐くのが癖《くせ》になっていた。

その林蔵が夏風邪をひいた。元々、体の丈夫な林蔵はさほど気にせず、真夏の炎天下、田草取りに精をだした。雑草にくれてやる養分など無い。ほんの少しでも多く稲に与えたい。当時の肥料といえば、飼っている牛の糞《ふん》か下刈りの草木《くさき》くらいのもの。土地は痩《や》せていた。こまめに田草を除《と》ったからといって、重労働に見合う収穫が有る訳ではない、高《たか》が知れている。それでも、一粒でも多く穫《と》れれば自分達の口にも入るかもしれない。その思いで、百姓達は陽に灼《や》かれ、雨に打たれ、泥と汗に塗《まみ》れる。林蔵もだ。

盆も過ぎた、寝苦しい程の蒸し暑い夜。林蔵は何やら寒気がするといって、妻の『やえ』に敷かせた布団に潜《もぐ》った。

夜中、ゆきは忙《せわ》しげに納戸《なんど》から台所に走る母やえの足音を聞いた。ゆきは眼を覚ました。甕《かめ》の水を手桶《ておけ》に汲《く》む音、小走る足音と納戸の戸が閉まる音を聞いた。それ切り何も聞こえなくなった。様子が判らないから余計に不安だった。

どれほども経たないうちに。足音に続いて裏戸《うらど》を開く音、釣瓶《つるべ》の回る音、注がれる水の音、裏戸が閉まる音、納戸に帰る足音が聞こえた。

胸騒《むなさわ》ぎがする。怖い予感が体を走った。ゆきは寝間を抜け出し、納戸の戸に身を寄せ耳を欹《そばだ》てる（傾ける）。意外なほどに静かだった。微《かす》かに荒い息遣いが聞き取れる。

ゆきはそーっと、戸を開けた。薄暗い影が振り向くように動いた。

「ゆきか？」

忍んだ心算《つもり》だったが、母のやえは足音で察したのだろう。

「どうしたん？」

「熱《ねつ》ぅ出しとる。せーも、高《たけ》ぇ熱じゃ…。あれほど無理《むり》ゅうせられなと言うとったのに。世《せ》話《わ》ぁ無《ね》ぇ（大丈夫）、世話ぁ無ぇと言うて、ひとの言うことやこぅ、ひとっつも（ちっとも）聞きゃあせんのじゃから…」

やえは、小声で愚痴《ぐち》を零《こぼ》した。ゆきにも父の林蔵の無理は解かっていたが、母に止められんものがゆきに止められよう筈《はず》がなかった。

その年は稲の出来が良かった。豊作は間違いない。年貢を納めた後に自分達の米も残る。久し振りに屑米《くずまい》ではない白い米の飯《めし》を家の者にも食べさせてやれる。その期待が林蔵に無理を強《し》いた。皮肉な事だった。

「こねぇになるまで、精を出さんでも…　もしもの事でもあったら……」

その後はもう声にならなかった。啜《すす》り泣きを抑《おさ》えるのがやっとで。それでも抑え切れない感情がくっくっと喉《のど》を鳴らして流れ出る。母の背中が震えていた。

ゆきは父の枕元に座り、頭の手拭《てぬぐい》に触れた。温《ぬく》いというより熱かった。熱の酷《ひど》さがそれだけでゆきにも解かった。どうにもならん…。ゆきにはもはや、口にする言葉は無い。知識の乏しいゆきは、母を労《いた》わり慰《なぐさ》める言葉を知らない。

手拭《てぬぐい》を取って冷えた手桶《ておけ》の水につけて絞《しぼ》った。生温《なまぬる》い水が滴《したた》り落ちた。一度手桶の水に浸《つ》けたくらいでは冷やせない程の熱が手拭に沁《し》み込んでいる。それ程の熱を出している父の林蔵はさぞかし苦しかろう。もう一度手桶の水で冷やしてからそっと頭に戻した。それだけで手桶の水は冷たさを失っていた。ゆきは手桶を抱えて井戸に向かった。

無言のまま、水を替えて戻った。暗く澱《よど》んだ部屋に、林蔵の悪寒《おかん》に震える弱弱しい唸《うな》り声だけが彷徨《さまよ》っていた。

翌日、夕暮れに連れて行かれる様に、林蔵は帰らぬ人となった。あっけない死だった。熱を出して一日。たったの一日で死んでしまった。

家族の涙が尽きた頃、林蔵は盛り土と六角塔婆《とうば》に俗名《ぞくみょう》を残し、三途の川を渡った。

名主からの応援や組仲間の手を借りて、その年の刈り入れは何とか終わった。ゆきの家の田も豊作だった。

周りの家は豊作に浮かれているのに、ゆきの家は凶作以上の憂《う》き目《め》に遭《あ》っていた。

定吉はまだ十六になったばかりで一人前ではない。母のやえは働き者ではあったが、細身で無理が利かない。大黒柱の林蔵を失っては百姓が立ち行かない。名主から借りていた小作の田は返した。どころか、自作の田も人の助け無しでは、定吉ひとりでどうにもならない。結局、定吉が一人前になるまで、田畑ともども定吉とやえは名主の預かりとなった。

生前、父の林蔵は、姉のなつが男じゃったら、もう一人前に成っとるのになぁと、事ある度《たび》に口にしていた。今になってみれば、薄々不安を感じていたのかも知れない。

それにしても、ただ林蔵が無理さえしなければ…思っても詮《せん》無《な》い悔いが残った。

こうして皮肉にも豊作の年に、ゆきの一家は離散した。

そしてゆきは、その姉なつの嫁ぎ先に引き取られた。庄屋から貰った田畑の預かり金のうちの少しが何かの足しにとゆきにも与えられた。

身売りをしたと言って、その金を何度かに小出しにすれば、当面は凌《しの》げよう。その間にゆきは自分の生涯《しょうがい》を賭《か》けようと思う。

成れば生き、成らなければ死ぬ。乾坤一擲《けんこんいってき》の賭けになる。

村内に葬式が出た。今年の猛暑に祟《たた》られて寝込んでいた名主の家の老婆が死んだ。檀那寺《だんなでら》は明王院と聞いた。そうなら敬順様の檀家《だんか》。お弔《とむら》いには必ずあの人は来られるはずじゃ。まだ若い敬順様は脇導師《わきどうし》を勤められる。導師は源粋《げんすい》和尚様。あの和尚様はお酒が好きで、弔いの後は暫《しばら》く呑まれるそうじゃ。帰りは何時も日暮れになると。

《逢える、必ず逢える。いいや、私《うち》ぁ逢う。逢わにゃぁならん》

ゆきは葬儀が始まると、そっとその家を覗《のぞ》いて、敬順の姿を確かめた。凛々《りり》しい姿が、打ち沈んだ親族達の背中越しに見えた。伸びた背筋には若侍だった頃の面影が残っている。違っているのは、体が大きくなり大人びて逞しくなっている事だ。たおやかな優しさはそこにはもう無い。

張り詰めた様子からは、近づき難い気配が漂っていた。生きて然《さ》した楽しみも無かったであろう老婆を、せめてあの世では極楽浄土へと導こうとしとられるんじゃのに。こんな日に、私ぁ何をしようと…　じゃけど、今日しか…

敬順は何とか脇導師の勤めを無事に終えたいと懸命《けんめい》だった。名僧になろうとも、悟りを開きたいとも思わないが、せめて成仏できるような弔《とむら》いだけは上げて遣《や》れるようになりたいとだけは願っている。

八塔寺村にやって来てはや五年。接する人といえば、和尚と早雲さん法円さん以外は百姓達ばかり。生まれ育った津山城下の武家屋敷や町民達の暮らしと比べるにつけ、農民の暮らしの辛さが解かる。

ことにこの池田家備前藩の百姓への質素倹約令の規制はきつい。そのお触（通達）は衣服・家屋の素材・生活態度から墓石葬礼にまで及んでいる。家の素材は松の木とされ杉や桧の使用は禁止、蔵に白壁を塗ることも庭の植木・置石は以《もっ》ての外《ほか》、畳の表替えすら役人への窺《うかが》いなく仕《つかまつ》るまじく候《そうろう》という。

着る物といえば、大庄屋（肝煎《きもいり》）ですら許されるのは絹の二級品の紬布《つむぎぬの》までとされ、それ以下の百姓達は麻と木綿ばかりを着る可《べ》しとある。その上、染めの色さえ制限されていて地味な色に限られ、紅・紫は沙汰《さた》に及ばず（絶対禁止）というのだ。

更に規制は、死者の弔いにまで及ぶ。その家の貧富にかかわらず墓碑の高さも台ともども四尺（約一・四ｍ）までとされ、戒名《かいみょう》に院号《いんごう》居士号《こじごう》を付ける事すら禁じている。

源粋和尚にとってはもっと無体《むたい》なお達しがあった。

葬式の日ですら『其の家ならびに遠近の親類は申すに及ばず、寺方へも勿論禁酒。附《これによ》り門口に禁酒掛け紙致し候事《そうろうこと》』ときた。

これには温和な源粋和尚も木魚を蹴飛《けと》ばすくらいに怒ったという。

その根底には、百姓達をして「分別もなく末の考えも無きものにて候《そうら》えば…」と見下し、ただただ愚民《ぐみん》の徒《と》とみなし、年貢徴収の民としか扱わない卑劣な思想が見える。

無論、和尚は従う心算《つもり》など無い。村人達も然《しか》り。誰も密告《チク》る者などない。知られなければ罪にはならん、所詮《しょせん》、道理など無い為政者《いせいしゃ》の悪法である。

神仏だけが百姓達の拠《よ》り所《どころ》だ。せめて死んだら浄土に行きたい。有り難いお経を上げて貰わねばならない、必々《ゆめゆめ》僧侶《そうりょ》を粗末《そまつ》になど扱いはしない。

その切ない気持ちが敬順にも痛いほど解かる。未熟《みじゅく》を恥《は》じながら、懸命に勤《つと》めた。

＝こんな日に、私《うち》ゃぁ何をしようと…　じゃけど、今日しか…＝

ゆきは、売られて行った『おせん』の事を思う。村にゆきと同い年で小作人の娘のおせんと言う子が居た。五日前のことだ。見知らぬ人に連れられて行くのだと言う。ゆきはお別れを言いに行った。

「おせんちゃん、何処へ行くん？」

「私《うち》ぁよう知らんのん、しもつい（下津井）とか言うとった」

「ふぅ～ん、遠いとこなん？」

「多分そうじゃろうなぁ。じゃけど、ちゃんとお米のご飯も食べられるんじゃてぇ、綺麗な着物もくれるんじゃてぇ。大きいうみ（海）と言うのがあって、朝と昼と晩と光る色が変わるんじゃと。そりゃあ極楽みてぇに綺麗《きれい》なんじゃと。魚も美味しいんじゃそうなぁ、楽しみじゃなぁ、私ぁ…嬉《うれ》しい…」

そう言って、笑顔を作るおせんの眼には涙が溢《あふ》れていた。

ゆきも無理に笑顔を作った。そうしなければ、本当におせんちゃんが不幸になってしまいそうな気がした。

今は自分がおせんと重なっている。

《身勝手なんじゃろうか、生きて浄土を願うんは？　敬順様はどう考えてじゃろぅ？》

逢ってそれを尋《たず》ねてみたい

ゆきは、行灯《あんどん》の下に鏡を置いた。平生《へいぜい》、おばあが使っている古い鏡だ。外に出掛ける事も少なくなってからは、覗《のぞ》くこともなく、錆《さび》と埃《ほこり》がこびり付いていた。ゆきは、息を吹きかけ何度も袖口《そでぐち》で磨《みが》いた。錆は消えなかったが埃と曇りは何とかなった。

その鏡に顔を映して、ゆきは口に紅を引いた。ひとりの女になる為だ。そして敬次郎に身を任す。

次にゆきは、下瞼《まぶた》から目尻にかけて上向きに紅を引いた。化けて狐になる為だ。敬次郎に拒まれたら、ゆきはゆきではいられない。娼婦《しょうふ》の狐でなくてはならない、その為の化粧だった。瞼《まぶた》にも紅を引き狐の隈《くま》ど取りができた。

「化粧《けしょう》」のもとは「化性《けしょう》」であり魔性《ましょう》を意味すると言う。魔性は「化《ば》けもの」。心を殺して魔物となり、生きる屍《しかばね》となる。

《何のために生まれて来たんじゃろう？》

口紅はこの家に来て間も無く、そろそろ年頃じゃろうからと姉のなつから貰った。その夜、嬉しくて生まれて初めて唇に差してみた。

真紅《しんく》に彩《いろど》られた唇だけが不釣合いに艶《なまめ》かしく、悲しいほどに不細工《ぶさいく》に見え、慌《あわ》てて拭《ふ》き取ったのを覚えている。

今はその口紅の艶《なまめ》かしさに負けてはいない。ゆきは確実に大人なっていた。真紅の唇は、ゆきの女性《にょしょう》としての美しさを映《うつ》し、眼に引いた紅は、自分でもぞっとする程の妖《あや》しげな魔性さえ引き出している様に見えた。

《私《うち》ぁとんでもない恐ろしい女《おなご》かも知れんなぁ》　ゆきは、鏡の中の化粧《けわい》の姿を見てふとそう思った。

ゆきは、手拭《てぬぐい》で顔を覆《おお》うと、居間の前の土間に立って藤吉に言った。

「義兄さん、私ぁ、ちょっと出掛けてきます」

「こげぇな宵《よい》にか？　お前ぇ、身売りにでも行く気か？」

「はい…」

この返事をどう思ったのか、藤吉は黙ったままだった。

ゆきは姉に気付かれない様に、そっと家を抜けた。秋の夜は澄み切っていて、月の明かりも美しい。田の畦《あぜ》を通って近道をする。葬式のあった家の座敷には未だ明かりが灯《とも》っていた。

勝手口の近くにまで来ると、聞き耳を立てなくても人の話し声が聞こえ、声の端々《はしばし》に源粋和尚の太い声が響いている。話の内容までは聞き取れないが、男衆達に酒が回っていることだけは、覚束無《おぼつかな》い呂律《ろれつ》の大きな声と、時折も洩れる場違いな笑い声に現れていた。

ゆきは、父親の林蔵の葬式を思い出す。本当に悲しんでいたのは、家族のものだけだった。親戚《しんせき》の者とて、最初こそ涙を見せたものの棺桶《かんおけ》を埋めた後には、疲れた様子を見せるばかりで、もうはや悲しみなど忘れたかの様に。久し振りに顔を合わせた良い折だと、昔話や今の身の上話に花を咲かせた。

組仲間の人達も、仕上げの念仏を唱えた後の膳《ぜん》の席では、悔やみの言葉は始めの内だけ、少し酒が回れば、隣合わせた者同士こそこそ世間話を始めていた。

人の死ですら、他人にとっては所詮《しょせん》、他人事。死の悲しみは、その人を亡くすることによって受ける、苦痛と被害の大きさに比例している。実害の少ない者は悲しみも少ない。この家の葬儀も多分、同じだ。

源粋和尚は、賢くて優しいと評判の和尚だが、和尚も人の子であるらしい、玉に瑕《きず》があった。無類の酒好きだと聞く。酒で乱れることは無いが、出されれば出されただけ幾《いく》らでも呑《の》む。だから《源粋《げんすい》和尚の名は違う、スイはスイでも呑兵衛《のんべえ》の酔《すい》》だと陰口を言う者もいる。源酔和尚だと言うのだ。

歎《なげ》き悲しんだとて、死んだ者はもう帰っては来られん。父の林蔵も、あの世に行った切りだ。さっさと未練は捨てた方がいいのかも知れん。それでも、ゆきは思う。せめて悲しむことで、仏を慰め弔って上げたいと。お経など知らないが、手を合わせて老婆の成仏を祈った。

それが済むと、ゆきはじっと聞き耳を欹《た》てた。敬順の話し声は何も聞こえて来ない。もう先に帰ったのだろうか？　気付かれないように急ぎ大回りをして、座敷の中を窺《うか》がった。

和尚の隣に神妙な様子で、敬順様は座っとられた。酔《よ》った不届《ふとど》き者《もの》達の中で、ただ独り仏の冥福《めいふく》を祈っておられる様じゃ。

ゆきは嬉《うれ》しゅうてならなんだ。敬順様はやっぱり優しいお方じゃ。改めて、良《よ》ーぉそれが解かった。その上、修行を積まれてご立派な方にも成っとられる。

一足先に峠を登って敬順様を待とう。ゆきは、気付かれないように家を離れ、人目に付かないように細い脇道を通って山道に入った。不思議と迷いは消え、怖くも寒くもない。むしろ幸せな気分になっていた。敬順様に会えたらきっと…きっと救ってくださるはずじゃ。何の根拠《こんきょ》が有る訳ではないが、それは願いというより、そうなる運命に違いないとゆきは信じた。

満月に近い月が、白い光を放ち、坂を上るゆきを照らした。

# 5

# 化粧坂《けわいざか》の狐《きつね》再び

敬順は何時《いっ》もの事だと、一向に腰を上げようとしない和尚を置いて、寺に帰ることにした。提灯《ちょうちん》も要らないほどに明るい月夜だった。酒を口にしていない敬順には秋の夜道は、風が無いとはいえ身を竦《すく》めたくなるくらいの涼気に包まれていた。

せめて銚子《ちょうし》の半分ばかり、ご相伴《しょうばん》に預かっておけば寒気も少しは払えようにと坊主らしからぬ後悔《こうかい》も立った。好きという程でもないが酒は飲める。酒好きの和尚が檀家《だんか》から貰ったものを、寝酒にとお流れで頂戴《ちょうだい》することもある。和尚が帰りに徳利《とっくり》を割らなければ、明日かその次の晩には幾らか回って来るだろう。

敬順は足を速めた。早歩きをすればその内に体も温まろう。錫杖《しゃくじょう》代わりの樫《かし》の棒を杖突《つえつ》き、少し息を荒げながら村の道を過ぎた。城ヶ畑に向かう山道に差し掛かる頃には、もう寒さも感じなくなっていた。

山道に入ると、流石《さすが》に早足では歩けない。一歩一歩踏みしめて坂を上って行く。歩みに合わせて提灯《ちょうちん》が揺れる。

揺れる提灯を城ヶ畑の峠から見つけて、ほっとしている者がいた。

『会える、会える。きっと、会える』

お念仏のように唱えながら、ゆきは峠を上った。空には、白く耀《かがや》く大きな満月があり、ゆきの足下《あしもと》を明るく照らしてくれている。坂のきつい山道を、心細さも忘れて歩き続けた。いつしか、化粧坂《けわいざか》に着いていた。お寺はもう近い、ゆきは足を止めた。愛《いと》しい敬順の姿はまだ見えない。

「帰って来られんのじゃろうか?」独り言が、つい口を吐《つ》く。

道に座り込んだ。立っていられなかった。無理して歩いた疲れが、どっと出ていた。両膝《りょうひざ》に顔を埋《うず》めて、乱れた呼吸を鎮《しず》める。月影だけが、律儀《りちぎ》にゆきに寄《よ》り添《そ》っていた。

暫《しばら》くして、息が整った頃、化粧坂のかかりに顔を向けると、提灯の灯が小さく揺れているのが見える。

月明かりの下で、遠めに見る姿だったが、ゆきにはそれが敬順だとはっきりと判った。ほっとした、同時に、ゆきは緊張した。会っても思いを伝えられるかどうか自信がない。

苦難続きの境遇《きょうぐう》にもかかわらず、何となく何時か幸せになれそうな、そんな予感が消えないのが不思議だった。

『夢のような望み』 それを想い描くだけで、ゆきは幸せになれた。

〝希望はずいぶんと嘘《うそ》つきではあるけれど、とにかく私達を楽しい小径を経《へ》て、人生の終わりまで連れて行ってくれる〟フランスの文人、ラ・ロシュフコーの箴言《しんげん》(教訓・戒《いまし》めの言葉)

の一節を、もしゆきに教えたとしたら、きっとこう言ったことだろう。

「私《うち》の希望は、絶対に嘘なんか吐《つ》きゃあせん」、と。

冷えた体の中で、胸の辺りだけはしっかりと熱く燃えていた。


『帰って来《き》ょうられる。敬順様じゃ。久《ひさ》し振《ぶ》りじゃお会いするんは』

先に坂を上ったゆきの息はもう普通に戻っていた。息が収まるに従って体の温もりは冷めて行く。うっすらと滲《にじ》んでいた汗が冷えて寒い。ゆきはその場歩きをして体を温め直しながら敬順の帰りを待っていた。

体はなかなか温まらない。体が冷えると気持ちも冷えてきた。

《確かに敬順様は仏様のようなお方じゃけど…私《うち》を救うて下さるじゃろうか？　生きとる私を…どうじゃろぅ？》

現実に目をやれば、ゆきの願いは絶望的な幻想に過ぎない。不安がゆきを現実の世界に引き戻した。胸を熱くした希望は泡沫《うたかた》の様に消え、独《ひと》り善《よ》がりの花園の果てに現れたのは無残な生き地獄の入り口だった。

その先に鬼がいた。鬼の顔は荒れ狂う藤吉の顔そのもの。ゆきの顔からは血の気が失せ、背筋が凍りつく寒さに身が振るえた。抗《あらが》う様に胸の鼓動だけが、はっきりと大きな音を立てて脈打っている。

《どうしたらええんか判らん》　ゆきは冷静さを失い、藤吉に怒鳴られた直後のような混乱にまた陥った。立っても要られず、崩れるように頭を抱えて蹲《うずくま》った。餓慢する間も無く、泣き声が口を吐く。

―敬順様ぁ〜〜〜。敬順様ぁ〜〜〜―

縋《すが》るように名を呼んだ。瞼《まぶた》を覆《おお》う涙の中に、淡い灯りがひとつ浮かんだ。

揺れる灯りは、現れては消え、消えては現れる。そうしながら、少しずつ確実にゆきに近づいている。

四月《よつき》前のここ化粧坂での出会いとは違う。今日は、思いを伝えなければならない。

『帰ってこ来られた。敬順様じゃ』

揺れる灯りを見ていると、気持ちが次第に落ち着いてきた。自然に大きな息遣《いきづか》いになった。

一息ごとに不安は吐き出され、再び、ゆきは冷静さを取り戻した。

自分が何をしに此処に来たのか、もう一度ゆきは思い出した。

ゆきは、おせんの様に自分に巡って来た身の不幸を運命《さだめ》だとは受け入れられない。もしも敬次郎に会っていなければ、泣きながら悲運に従ったかも知れないが。ゆきの生きている価値観の全てに敬次郎がいる。

働いている時も、食べている時も、ふと青空を見上げる時も、辛い思いをした時も、小鳥の声を聞く時も、夜空に月や星を見る時も。何時も傍には敬次郎がいた。

他の者には見えないけれど、ゆきにはちゃんと見えている。

横川村のゆきの家に迷い込む様に訪ねて来てくれたあの日から、ゆきは憧れるものを持った。憧れは、何時しか夢と希望になり、ゆきの意識の中に溶け込んだ。再会しなければそのまま夢で終わっただろう。少女が人気者《アイドル》に抱く夢のままで。

一家離散という悲惨《ひさん》との引き換えに、ゆきは敬次郎と再び巡り会えた。それこそが二人の運命ではないだろうか、そうであって欲しいと思う。

ゆきの夢は大人になるに従い、夢の形も具体化し、いやでも現実に近づいてきた。露と消えるか？　実となるか？　それは判らないけれど。兎《と》に角《かく》ゆきは敬次郎の嫁になりたいと強く思う様になった。

その一方。

《なんぼう優しいお方でも、敬順様はお坊様。嫁など貰《もら》えるはずが無かろう…》

ゆきの不安は当然の事だった。

土佐の国の『よさこい節』の一節に『土佐の高知の播磨屋橋で　坊さん簪《かんざし》買うを見た　よさこい　よさこい』とある。

この坊さんの名は純信、かんざしを貰ったのはお馬。彼女は美人で人気者であったという。きっとそうだろう、坊さんをして恋の逃避行《とうひこう》に走らせる程なのだから。結局、この二人は国抜けをしたが讃岐《さぬき》で捕らえられ、それぞれ追放の身となり、二度と逢えない憂《う》き目《め》をみたのだという。

ゆきと敬順が駆け落ちでもしようものなら、その結末は純信とお馬の二の舞になるのは明らか。

連れ添えないなら、せめて一度は抱かれておきたい。

『敬次郎様は最初で最後のオトコのひとじゃ。後は、辛い目に遭《あ》うだけじゃもん。それが厭《いや》なら死ぬだけじゃから』

ゆきは、敬次郎に運命《さだめ》を託す。敬次郎にとっては、とんでもない迷惑な話だろうが。

『それが敬次郎様の運命《さだめ》なんじゃ。無理でも決めてもらわにゃあ…』

ゆきは立ち上がった。背筋を伸ばして、じっと揺れる灯りを見据《みす》えた。もう寒さも怖さも感じない。思いの丈《たけ》を敬次郎に告げ、敬次郎の意志に従うだけだ。

幼い頃、老婆に連れられて行った寺で見た阿弥陀如来を憶い出す。老婆は言うた。しっかりお願いしとったら、生きとる内でも願いが叶《かの》うたかも知れんなと。今、ゆきが願う相手は如来ではなく、敬次郎だ。

峠の上は見晴らしがいい、逆に言えば人目に付きやすい場所でもある。夜とはいえ、灯りが動かないのを誰かに見られたら怪しいと思われる。

人目に届かぬように更に少し上がった。ゆきが足を止めたのは、化粧坂《けわいざか》だった。ここは、以前ゆきが敬順に追剥《おいはぎ》と間違われて抱き竦《すく》められた所だ。

この化粧坂《けわいざか》にはこんな謂《いわ》れがあった。

化粧坂を上れば、その先には八塔寺がある。この寺の開基《かいき》は鑑真和上《がんじんわじょう》とも弓削《ゆげ》の道鏡《どうきょう》ともいわれる。戦国時代までは美作の国に属し、四方一里は寺の領地として五〇〇石を拝領していた。平安時代の終期、後鳥羽天皇治世《ちせい》の文治年間（一一八〇年代の後半）に再興された頃は、院が八つ、坊が六四を数えた。院には僧が、坊には行者（聖《ひじり》）がそれぞれ一人居たと伝えられている。最初は天台宗であったが、後に真言密教の強い布教活動により、真言宗に改宗したという。

この近辺で最高峰の八塔寺山《はっとうじさん》は行者山《ぎょうじゃやま》とも堂山《どうやま》とも呼ばれ、修験者の祖と言われる役《えん》の小《お》角《ずぬ》（奈良時代）と空海の孫弟子で真言系の祖と言われる聖宝理源《しょうぼうりげん》大師（平安時代中期）を祀り、この地の修験場として開かれた。行者の修行は厳しい。瞑想《めいそう》の他、岩登り谷渡りそして、断食もする。命懸けの修行だ。この厳しさ故に験《げん》を取得し、超人的な権威性《カリスマ》を持つのだという。当然、怪我《けが》をする者、挫折《ざせつ》する者、病気をする者、疲れ果てて倒れる者も出てくる。

へたばった者達はどうされたか？　その様な者達は、罪多き証拠とされ、資格なき者として、谷や穴に落とされ、石で埋められた。これを石子詰《いしこづ》めという。行者達が谷行《たにこう》とも呼ぶ厳刑《げんけい》だった。

修行とはいえ厳しいばかりでは、耐えられない。十界修行が終われば、息抜きの一つもしたくなる。修行僧は正式な僧侶ではない。半分は未だ俗人で、半聖半俗《はんしょうはんぞく》の身であった。

修行が終われば、聖達は男に帰る。ただの男ではない、修行中とはいえ超能力《カリスマ》を持ち始めている男達なのだ。彼らに触《ふ》れ、交《まじ》わればご利益《りやく》があると考えるのは当時の人達の普通の事だった。

はじめにゆきが敬順を待っていた城ヶ畑の峠は地元の者が「女郎小屋《じょろうごや》」と呼ぶ、なだらかな広場になっている。当時の女郎は娼婦《しょうふ》などではない。彼女達はきっと、貴婦人に属する女臈《じょろう》達であったろう。

「臈《ろう》」というのは僧侶が出家してからの年数を数える語でもあるが、年功を積んだ身分の高い女官や品性や美しさの増した女性を意味する語だともいう。

近くには「湯屋《ゆや》」と呼ばれる場所もある。身を清め、化粧もして美しい着物で身を装《よそお》った女性達《にょしょう》が、現世利益《げんせりやく》を願い、聖《ひじり》に救いを求めたのが化粧坂だ。聖《ひじり》は女性を抱くことによって、憩《いこ》いと生きている実感を得る。これを「精進《しょうじん》お落とし」と言う。女性達は聖に抱かれることで、病を癒《いや》し、穢《けが》れや祟《たた》りを払《はら》い、不安や寂《さび》しさを消そうとしたのだろう。或《ある》いは、自らも尼僧としての道を求めていた女性だったかも知れない。何《いず》れにせよ、彼等はこの化粧坂で現世利益の安らぎを求め、そして成就《じょうじゅ》していたに違いない。

今、ゆきもそれを求めようとしていた。

何も知らない灯りの主は、その歩みを変えず、一歩一歩確実に坂を上って来た。ゆきは坂道の真ん中に立っていた。今夜は隠れる必要もない。月明かりがゆきの姿を隠さず映している。

灯りが止まった。ゆきは、灯りに顔を向け、じっとしていた。敬順も動かない。静寂《せいじゃく》のまま時が過ぎた。息苦しさに耐えかねたのか夜風が寒気を連れて二人の前を横切り立ち去って行った。

「誰じゃ、そこに居るんは？」先に敬順が声を出した。緩《ゆ》っくりとした低い声が警戒の様子を示していた。

「大藤村の女《おなご》です」ゆきも緩っくりと返事をする、迸《ほとばし》る感情を抑えて。

「誰じゃ、名は？」

「私《うち》の名は、もう無《の》ぅなってしもぅた…」

「名前が無ぅなった？　怪《おか》しな話じゃな、　何でじゃ？」

「私はもう死んだ方がましですけぇ、名前はもう要《い》りゃあしませんから」

気の高ぶっている敬順に比べ、女の返事は淡々としている。言葉通り、半ば死んでいる様にも感じられる。不気味ではあるけれど、争う姿勢は感じられない。

それに何処か見覚えのある様な人影だ。油断せず敬順は前に進んだ。打ち込んで杖の届く間合いにまで近づいた。杖の握りを変え、相手の顔を映すように灯りを高く持ち上げた。

夜の暗さと重なった日灼《ひや》けした顔に燃え上がる真っ紅な狐の模様が異様に浮かんでいた。

《魔物じゃ！》

敬順は咄嗟《とっさ》に後ろに飛び跳ねた。

「おのれ、何者《なにもん》じゃぁ〜〜」

敬順は、大声で威嚇《いかく》した心算だったが、語尾は自然に震えていた。それでも侍の習い性というのは消えないものらしい、知らぬ間に杖を斜めに構えている。思い切り縮み上がって一瞬止まった心臓の鼓動が、その後狂ったように激しく脈打っていた。相手が少しでも動けば、頭を砕く。女《おなご》というても相手は化け物じゃ。遠慮《えんりょ》は要らん。

敬順の余りの驚き様に、ゆきの方も驚いた。それに本当に杖で撃ち殺されそうな気配を感じる。もう正体を明かすしかない。

「私《うち》ぁゆきです。敬順様ぁー」

「ゆきぃ〜?……」

小声で呟《つぶや》きながら、敬順は記憶を探《さぐ》る。主要語《キーワード》は、『ゆき』と『狐』。

狐は四月《よつき》前にもこの化粧坂に出た。確か名もゆきと名乗った。それにぃ…そうじゃ、ゆきという名は他にも聞いた事がある。雨乞《あまご》いの千だん焚きの時…夕立が来て…しがみついてきた女《おなご》じゃ。正体が見えた。

「また、おまえかぁーーッ……何でじゃぁ？」敬次郎には訳が分からない。困り果てた声を上げた。

「私《うち》ぁもう、居る所が無うなってしもぅた。死ぬか売られるか、どっち道、私に望みは有りゃぁせん。敬順さま…死なんと救うて貰えんのじゃろぅか？　敬順さまぁ、生きとる者は救われんのじゃろうか？　生きとる者を救う教えは経文《きょうもん》には無いんじゃろうか？」

ゆきは、話の順序を越え、苦しみの一番深い思いを、行き成り敬次郎にぶつけた。

『…？　ン？』　敬順の思考回路は完全に空転を仕始めた。

困ったもんじゃ、驚かされて混乱している所に、更に禅問答の如き難問を投げ込んで来る。遠慮の欠片《かけら》も無しに。

―何じゃ…この女《おなご》は…化《ば》け者《もん》より性質《たち》が悪《わり》い曲者《くせもん》じゃなぁ―

どうしようもないと溜息が出る。もう逃げ出したい気持ちだが、放っても置けない。

無言の時が流れた。狐娘の方も何やら喚《わめ》いたっ切り、俯《うつむ》いて立ち竦《すく》んでしまっている。この曲者も困っているらしい。救いを求めているのだろう。もう一度、耳の底に沈んだ娘の叫び声を辿《たど》ってみた。断片的な言葉の破片が見つかった。「死ぬか売られる」「死なんと救われん」「生きとる者の救い」

言葉を捜《さが》し、真意を探っている内に、敬順は何時しか混乱を脱していた。何かと迷惑な女《おなご》に違いないが、悪気はなさそうだ。迷いの有る者は、死者であろうが生者であろうが救ってやるのが仏に仕える者の勤めと、僧侶の建前が告げた。

依然として、娘の迷いは謎めいている。時間をかけて訊《き》く外なさそうだ。この先に地蔵堂がある。そこなら座って話せるし、風と夜露も凌《しの》げよう。

「深い理由《わけ》がありそうじゃな。ここは寒《さみ》ぃから地蔵堂へ行こう」

敬順が先立って歩くと、ゆきも後を付いて来た。互いに少し離れて座った。

「解かる様に話して貰わんと、訳が解からん」

「はい、じゃけど本当に長ぅなるかも知れんし…。それでも聞いて下さるんじゃろうか？」

狐娘は、済まなさと心配の混じった表情で問う。

「私は構わん」 ―本当は迷惑じゃけど―

「…じゃったら」

ほっとした気持ちで、ゆきは横川村の出会いからの事を語り始めた。

「敬次郎様は覚えておられんじゃろうが、私は初めてお会いした時の事をよう忘れん…」

身分も場所柄も弁《わきま》えず立ち寄って欲しいと願った事、いざ家に来ると怖かった事。お茶を出すときどうしようもなく緊張《あが》っていた事、粗末なお茶で申し訳なく思った事。汚い家や身形《みなり》で恥ずかしかった事…敬次郎の姿が綺麗で立派で雛人形のお内裏様《だいり》に思えた事など。記憶を辿《たど》りながら話すうちに、ゆきはすっかりその時の自分に戻っていた。

ただぼーっと見とれてしまっていた事、見送りながら泣いた事だけは未《ま》だよう話さなんだ。お内裏様と言われて敬順は顔を赤らめた。何とも恥ずかしくむず痒《がゆ》い気がする。

ゆきと同じように、敬次郎もその時の事を憶《おも》い出していた。あの時の小さな娘だったのか。奇妙な出会いだった。節より少し幼い年頃の娘だった。節とは比べ物にならない程に貧しい身形《みなり》なのに卑下した暗さなど感じさせない娘だった。そういえば、あの時とても苦いお茶を飲まされた。その苦いお茶の事を敬次郎は尋《たず》ねた。

ゆきは答える。百姓はお茶を買ったりしない。自分の家で茶の木を植え、葉を摘《つ》み、素焼きの皿で炒《い》って作る。日持ちがする様にと、ゆきの家では焦《こ》げ目が付く位に炒る。だから苦い。姉の嫁いだ大藤村の家でもお茶を作るのはゆきの仕事になった。同じ作り方をするから同じ苦い味になる。

「それで同《おんな》じ味がしたんじゃ、ハハハ」

敬順は愉快に笑った。謎がひとつ解けた。真夏の千だん焚きの生木の切り出しの時、呑んだ懐かしい酷《ひど》く苦い味の。奇妙な縁を敬順は感じる。

問い語りの内に、少し離れて座っていた二人の隙間《すきま》はどちらともなく狭《せば》まり、もう肩が触れ合う程に近づいていていた。

親兄弟や百姓の暮らしについての敬次郎の問いにも、一つ一つ有りの儘《まま》に話した。ただ女として敬次郎に言えぬ事もある。敬次郎が自分の事を好きになってくれるまでは、恥ずかしくてそして怖くて言えない。

その後の一家離散の話は、その理不尽《りふじん》さに心つまされた。敬次郎は追放の身となった我が身と比べた。心ならぬ出来事であったとしても、確かに己にも非があったと納得も出来る。

ゆきの父親・林蔵に何の罪があったろう。家族を思うその欲が無理となった。それが罪か？罪と言うなら、その罪の源《みなもと》を作っているのは藩であり武士だ。無理をしなければ、自分で作った米すらも口に入らぬ程の過酷《かこく》な年貢を課す武士達に在る。

ゆきの昼間でも薄暗かった家。寺に入り、葬式や講の集まりの度に出掛けて行く百姓達の家…庄屋の家は別としても、組頭以下の家の小さく狭いこと。水呑《みずの》み百姓に至っては家とは呼べない小屋同然。

寺は寺領として常照寺・宝寿院・明王院に合わせて三十二石、外に御本尊領として四石四斗五升四合を受けている。それも皆、この百姓達から絞り上げた血の年貢だ。

侍を捨て、せめて百姓達の慰《なぐさ》めになりたいと願う裏腹で、依然として百姓達を苦しめている自分が恥ずかしく恨《うら》めしい。敬次郎の気持ちは塞《ふさ》いだ。

源粋和尚も法円さんもそして敬順も布施は一切受けないでいる。領地の禄高《ろくだか》で賄《まかな》い、不作の年ともなれば粥《かゆ》の炊き出しもしている。それがせめての気の慰《なぐさ》めだ。

「済まんな、苦しめて…」

百姓達に詫《わ》びたい。ゆきにも詫びたい。その気持ちが堪らず敬次郎に詫びの言葉を吐《は》かせた。

えっ？　敬順様は何も悪いことはしとられんじゃろぅ。ゆきは訳の解からない顔をした。

ゆきには、敬順の謝りたい気持ちは理解できなかった。敬順もこれ以上はどう話していいものか。結局、曖昧《あいまい》な途惑《とまど》いを見せて敬順は黙り込むしかなかった。

ゆきは、話を続けた。一家が離散した後、ゆきは姉なつの嫁ぎ先に預けられた。義兄の藤吉は自分勝手で見栄っ張りな男だったが、その分働き者でもあった。機嫌《きげん》のいい時は、ゆきにも優しく可愛がってもくれた。ゆきも精一杯働いてそのお返しをした。その頃のゆきは幸せだった。和尚と一緒に法事にやってくる敬順の姿を遠くからでも見かけただけで、その後何日もただ嬉しくて堪らなかった。

ゆきが一番楽しみにしていたのが、名主の与平の家の彼岸の法要だった。与平は、信心深く祖先の供養も欠かさない人だった。春と秋の彼岸の日には必ず檀那寺の明王院にお願いして法要をするのが常だった。その日には組頭の家からも手伝いが出される。ゆきも姉のなつに付いて下働きに出た。源粋和尚と一緒に敬順もやってくる。ゆきは炊事場の隅《すみ》から、手伝いも忘れて、ただぼぅーっと見つめていた。何ゅうしょんなら、この子はッ、と姉のなつに頭を小突《こづ》かれるまで。

下働きの報酬といっても、ご馳走の残り物を、立ち食いさせて貰えるのと、帰りの土産に少しばかり分け与えられるくらいのもので、ただ働きも同然。嫌な役目だと借り出された女達は陰で愚痴《ぐち》っていたが、ゆきだけは嬉しくて仕方なかった。

「名主さんの家に、敬順さまが来られる日が、私は一番楽しみじゃった」

ゆきはその時の様子を思い出し、本当に幸せな気持ちになってそう言う。

ドッドッ。どう仕様も無く、勝手に胸が騒ぎ出す。ゆきが何を言っているのか、言いたいのか、その表情や言い回しから伝わってくるものがある。この瞬間《とき》から、敬順は僧侶で無くなっていた。途惑いだけでなく、嬉しさと恥ずかしさと怖さが織《お》り合《あ》って湧《わ》き上がっている。体が自然に強張《こわば》り動きがぎこちなくなるのが分かる。

横目でそっとゆきを見た。狐化粧の無邪気な夢見顔で何だかうっとりとしている。

好きだと言っているのか？

敬次郎は片思いの恋しかしたことがない。節《せつ》を遠目に眺めるだけで、幸せだと思った。縁側の柱に凭《もた》れて、節の姿を想い浮かべるとき、野良犬の吠える声でさえ何やら心地良く聞こえたものだ。

ゆきも似た思いでいるのか？　好きになる気持ちは解かっても、好きになられる気持ちは解からない。その上、思い違いだとしたら、夜逃げでもするしかない程の恥だ。

敬順は悩ましい思いを隠して、黙って俯いている外無い。応えようがない。

「じゃけど」ゆきの沈んだ声が、敬次郎の悩ましさを解き放った。ゆきの顔からは、さっき迄の浮かれた様子はすっかり消え、一変して苦しみに染まっていた。

平穏《へいおん》な暮らしが変わり始めたのは二年前からだった。今年ほどではないが、昨年も水不足で不作だった。爪に火を灯す思いの蓄えを年貢の不足に吐き出した。更に今年、旱魃《かんばつ》と蝗《いなご》に襲われた。村人の苦しみは敬順も既に知っている。

「年貢の不足は、お金で納めにゃあいけん。お金が無けりゃ作らにゃあいけん…。私は、元々厄介者《やっかいもの》じゃし……。義兄さんが、何が何でも私《うち》にも金を作れと言うたァ…」

終わりの言葉はほとんど嗄《しわが》れた泣き声に掻《か》き消されていた。おどろおどろしい義兄の形相《ぎょうそう》、喚《わめ》き声、荒れる姿が意識の背後からゆきを襲う。頭を抱え込んで、ゆきは震え出した。声を押し殺した泣き声が、ゆきの背負った悲惨《ひさん》さを物語っていた、泣いて済むものでは無いのだと…。

この先、ゆきの身の上がどうなるのか、敬順にも察しが付く。この辺りの村からも、何人もの女達が奉公働きに出ている。女達ばかりではない、男達も前金を貰って、山の木挽《こびき》や炭焼きに雇《やと》われて行った。女達の行く末は、男とは比べものにならない程に悲惨であろう事は誰しも知っている。どんな奉公になるのか、何時になったら帰って来られるのか、その先の事は、誰にも何とも言えない。

この娘に、何を言ってやればいいのか、どう言ってやればいいのか、何も敬順には思い浮かばない。何も出来ない事が、情けなく歯痒《はがゆ》い。臍《ほぞ》を噛《か》む思いとはこの事かと、自分が腹立たしくなる。

敬順は、死者を弔《とむら》い、極楽浄土に送って遣りたいと修行を積んできた。言われてみればその通り、生きている者を救う術を学んだ覚えはない。生きている者を憐《あわ》れみ多少の手助けをする事はあっても、救った事などない。修行が間違っていたのか？

敬順自身、苦しみを受けるのは生まれ持っての運命《さだめ》だと思い込んできた。現世利益は願うものであっても、実現されるものだと本気で思ってはいなかったのだと。

『死なんと救うて貰《もら》えんのじゃろうか？

生きとる者は救われんのじゃろうか？』

ゆきの魂の叫びが蘇《よみがえ》る。

仏法《ぶっぽう》も僧侶《そうりょ》もこう説く。

《弟子某甲《でしむこう》　尽未来際《じんみらいさい》
　帰依仏《きえぶつ》　帰依法《きえほう》　帰依僧《きえそう》》

「御仏《みほとけ》に縋《すが》れ、仏法に従い、そして僧侶の集《つど》いの言葉を信ぜよ」と。

そうして、どうなったのか？

心の迷いや気の苦しさから一時的に逃れられる事はあっても、身の苦しさや課せられた年貢が軽くなった例《ためし》はない。

《何《なん》にも出来ん…何にもして遣《や》れん》

敬順の思いはそこに行き詰まった。好きじゃと言われても、救って欲しいといわれても…。

今、応えられるものは何も無い。身の不徳《ふとく》を恥じながら黙している外なかった。

敬次郎に今せめて出来ることは、泣いているゆきの姿から目を逸《そ》らさず、ゆきの悲しみの少しでも自分の痛みとして感じてやるしかない。

# 6 ゆきと節

ゆきの泣き顔は、実に切ないものだった。似ていた。初めて見た節《せつ》の泣き顔…。

敬次郎は、友達だった新之助に怪我《けが》を負わせてしまった。新之助は、敬次郎からすれば上役の家の次男坊だった。年も同じで、共に次男坊という事で、新之助の方から身分の隔《へだ》てを超え同格扱いで親しくしてくれていた。

剣の修行の道場も同じで、よく一緒に稽古《けいこ》もしている。腕前は敬次郎の方がかなり上だったが、手加減しながら互角の勝負を演じていた。何も向きになる事はない。師範代にでもなれる腕ならば役にも立とうが、刀など振り回さないのが安泰《あんたい》の世の心得という時代になっていた。

事の次第はこうだ。敬次郎は道場主の次女で、春日和の様な暖かな笑顔の節が好きだった。何度か顔を合わすうち、節も時に恥ずかしそうな素振りで二言《ふたこと》三言《みこと》の短い言葉を掛けてくれたり、嬉《うれ》しそうに笑顔を向けてくれる様にもなっていた。

そうはいっても、敬次郎が水を汲《く》む裏井戸と節が居る奥の間の前の小庭との仕切りには生《いけ》垣《がき》がある。二人が顔を合わすのも、その垣根越しにほんの束の間のこと。無論、敬次郎は心の内を告げたことなど無い。頭を下げて挨拶《あいさつ》をし、微笑《ほほえ》み返しで応えるだけだ、それだけで良かった、充分に幸せを感じられた。

同じ様に、新之助も節に心を寄せていた。そのことは敬次郎も知っていた。新之助は積極的だった。見つければ直ぐに手を振り、遠慮なく近寄って話しかける。時には遊びに誘うこともある。

節は困った顔をして、そそくさと逃げてしまう。新之助は楽天家だ。そんな節の様子を見て、ただ恥ずかしがっているのだ、ひょっとしたら気があるのかも知れないと思ってたらしい。

敬次郎は、呆《あき》れるだけで放って置いた。所詮《しょせん》、新之助に脈は無い、可哀相《かわいそう》にと。

＝存外《ぞんがい》に他人の恋の結末は見通し易《やす》いものだが、自分の恋の行方となるとなかなかに予想をつけ難いものだ＝

だが、事はそれでは済まなくなった。新之助は女好きだった。城下の料理屋の娘や商家の娘に、父親の見廻り役の権威を笠に着ては、ちょっかいを出している。そんなに悪ではないが、軽率《けいそつ》な処がある。

事は些細《ささい》なことから起こった。その日、いつもの様に剣術の稽古を終えた二人は、裏井戸に体を拭《ふ》きにいった。

先に節を見つけたのは敬次郎だった。練習試合があって、新之助は簡単に負けてしまってお叱《しか》りを喰《く》らったが、敬次郎は三人抜きを誉《ほ》められ気分が良かった。その所為《せい》だったのか、いつもは遠慮がちな敬次郎らしくもなく、節に向かって大きく手を振ってしまった。節もすぐに手を振って返してくれた、この上ない春日和の笑みも添えて。

それを見つけた新之助も手を振って見せた。節はさっと手を下ろし、顔を強張《こわば》らせた。気まずい空気がすぅーと流れた。新之助は居場所を失くし、手に持った手拭《てぬぐい》を振り回しながら姿を消した。

場都《ばつ》の悪い笑みを交わすと、節は未練の影をありありと残し「敬次郎様は、剣術がお上手なんじゃな」と言いながら奥の間に戻《もど》っていった。

そうでなくても、新之助は商家の娘に振られて気が腐っていた。加えて、道場では叱られ恥をかいた上、敬次郎にも節の前で恥をかかされた。新之助は敬次郎に嫉妬と怒りを感じないではいられない。

帰り道、新之助は慍色《うんしょく》（慍《む》っとした顔色）を隠さなかった。気の毒に思う敬次郎は、少し離れて後ろを下僕のように歩いた。時折、新之助は面白くない顔で後ろを振り向く。その都度、敬次郎は目を伏せた。

それが良くなかったのかも知れない。明るい顔で並んで歩きながら、今日は私の運が良かっただけですとでも言っておけば、その内、新之助の気も少しは晴れたのかも。そうであれば、悲劇は起こらなかっただろう。

運命というものは避けようがないものなのか？　新之助には、敬次郎の畏《かしこ》まった態度が慇《いん》懃無礼《ぎんぶれい》に思えてきた。

『馬鹿にしやがって、軽輩《けいはい》の分際で…何だぁ。同等格として付き合ってやっているのだ。武芸も学問も確かに敬次郎の方が優れているが…だからといって身分が逆転する訳ではない、所詮、配下の者に過ぎない。釣り合いからして敬次郎が節を嫁になど出来る筈がない。だが、自分なら無理をすれば、どうにかならぬ訳でもなかろう…。何も事が無ければ友達でもいいが、節を巡っては敵だ…遠慮はいらん』

新之助の苛立《いらだ》ちは、次第に大きな怒りに変わって行った。

『懲《こ》らしめてやる』　とうとうその思いが新之助の気持ちを支配してしまった。

「ついて来《け》ぇー」　そう言うと足早に歩き出した。

城の外堀も兼ねている吉井川が近い。船着場を少し遡《さかのぼ》った支流と交わる所に、人目から遠い河原がある。内緒話《ないしょ》があると二人がよく話した場所だ。西の空はそろそろ夕焼けに染《そ》まろうとしていた。

新之助は、河原の中ほどまで来ると振り返って言った。

「敬次郎！　お前は、配下《はいか》の身じゃという事を忘れとんじゃぁなかろうなぁ…友達として付き合うて遣《や》っちゃぁおるが、わしの方が身分は上じゃあ」

「はい、心得《こころえ》とります」

「本真《ほんま》かぁ…わしにはそうは思えんのじゃ！　お前は、同格どころか、わしを馬鹿にしとるじゃろぅがぁ」

「そげぇなこたぁ、いっつも有り難い事じゃと思うとります…絶対にぃ、そげぇな事は…」

「…嘘《うそ》じゃぁ〜」

敬次郎の言葉を遮《さえぎ》ってそう言い放つなり、刀を抜いて切り付けて来た。

本気で切る気が無いのは判った。到底《とうてい》、切っ先の届かぬ距離で新之助は刀を振っている。察した敬次郎も、刀が抜けぬよう指でしっかりと鍔《つば》を押さえて後退《あとずさ》る。

新之助は脅《おど》す心算《つもり》しかなかった。本気で戦えば、一太刀で切り捨てられてしまうのは解かっている。かといって、敬次郎とて、切るに切れない事も解かっている。

=謝《あやま》ってくれればいい。そして、節から身を遠ざけてくれればいい。そうなればまた前のよ

うな友達に戻《もど》れる＝

［私が悪うございました。私と節とでは不釣合いでございます］　一言そう言ってくれと願いながら、新之助は届かぬ刀を振り回していた。

腕は上だといっても真剣を振り回されては、敬次郎にも余裕は無い。しかも自分は刀を抜けない。届かないと判っていても、もしもが無いという保証は無い。

河原の石は不揃《ふぞろ》いな上、後退《あとずさ》りは全く足元の視界が利かない。転がっている大きな石に、もしも足を捕《と》られたら……。

余裕の無い敬次郎は、許しを請う時機《タイミング》を見出せないでいた。

いつまでも謝らないのは逆らっている証拠だと、新之助には映る。

『生意気なぁ、こいつさえ居《お》らなんだら』

殺意が芽生えた。

そこに不遇《ふぐう》が重なった。怖れていた事が起こった、石に足を捕られて敬次郎は横向きに倒れた。

新之助の心に魔が差した。　＝今なら切れる＝　新之助は、間合いを詰めた。切っ先は充分に届く…双眸《そうぼう》に殺意を宿して切りつけた。

《切られる》　敬次郎も直感した。咄嗟《とっさ》に躰が動いていた。居合い抜きに刀を振り上げながら、身《み》を躱《かわ》す。切っ先に微かな手応えを感じた。

敬次郎が通う道場は津山藩に伝わる、今枝佐仲《いまえださちゅう》が開いた今枝流とも言う理方一流《りかたいちりゅう》で居合いを中心とする抜刀術《ばっとうじゅつ》を得意としている。無意識にその技を使っていた。


それっきり静寂《せいじゃく》につつまれた。やがてサラサラと川の流れの音が敬次郎の耳にも注がれるようになる迄…実際には十息《といき》ばかりの間だったのだろうが…。

「…ゥワァ〜〜〜ッ」　静寂は、新之助の悲鳴で破られた。顎《あご》から頬《ほお》にかけて鮮血が滴《したた》っている。顔を押さえていた片手にも血糊《ちのり》がべったりと着いている。手の血を見て、新之助は悲鳴を上げていた。

「…ァァ〜〜〜ッ」　唸《うな》り声を上げながら、また手で顔を押さえると、背を向け、よろける足で新之助は歩き出した。

「新之助様ぁー」　敬次郎は叫んだ。

新之助は振り向くと、追ってくるなと手に持った刀を無闇《むやみ》に振り回す。

敬次郎は茫然《ぼうぜん》と立ち尽くした……。夕日はもう山に落ちていた。河原は残照の茜色《あかねいろ》にすっかり彩《いろど》られ、川は無情にも何時もと変わらぬ涼しげな水音を立てて流れている。敬次郎は、悪い夢だったのだと思いたかった…。

嬉しい事ではない、表沙汰にするのは不味《まず》い。新之助の怪我《けが》は、屋敷内にて兄弟で剣術の稽古《けいこ》中、嵩《こう》じて真剣での立ち会いとなり、その時受けたるものという事で届け出た。が、それだけでは事は済まない。武家は面目の世界だ。新之助の家は、どうあれ面目を潰《つぶ》されている。敬次郎をそのままにしては置けない。敬次郎の家も、その事は重々《じゅうじゅう》承知している。上司の面目を潰したままでは後々、家が立ち行かなくなる。切腹というのも筋が通らず、出家追放を申し出て何とか許しを得た。

刃傷沙汰《にんじょうざた》の責めを受け、出家して津山を出て行くことになり、別れの挨拶に剣術道場をそっと訪ねた。その帰り、道場の門の外に節が立っていた。節は、敬次郎の顔を見るなり泣き出した。

泣き声は立てず、ただ涙を流していた。あんなに悲しい泣き顔を見たことがなかった。

母の流した涙とは違う。母の涙に対して、敬次郎は素直に詫《わ》びたいと思うだけだ。

節の涙に対しては、どうすればいいのか判らなかった。もう胸を潰《つぶ》されたみたいで…痛くて苦しくて、気が変になりそうで…自分も泣き出したいくらいに悲しくなって辛《つら》くなって…なのにどうしたらいいのか判らなくて。心も頭の中も混乱するばかりで。

そんな中、ひとつの衝動《しょうどう》が敬次郎を貫いた。

《駆《か》け寄って抱きしめたい》

別れの時になってやっと気づいた。自分で思っていた以上に節のことを好きになっていたのだと。そして節も…好きでいてくれたのではなかったのかと。

叶わぬ望みだと、自分勝手に諦《あきら》めていた。節に打ち明けることもなく、遠くから心の慕《おも》いを込めた眼差《まなざ》しで見つめるだけで、自分を慰めていた。それだけでも、嬉しかったし、それが一番いいのだと思い込もうとしていた。

本当にそれで良かったのだろうか？　本心はそうではなかったのだと、衝動が告げている。敬次郎は節の前に駆け寄った…節を熱い眼差しでじっと見つめ…そして…顔を背けて駆け出した…。涙がこみ上げて来た…泣き顔を見せたくなかった…もうどうにもならない…きっと余計に悲しませるだけだ…だから……。

節の流した涙は、憐《あわ》れみだったのだろうか？　それとも悲しみだったのだろうか？　もしかして、節も自分の事を慕《した》ってくれていて、あの涙が引き裂《さ》かれる二人の無情の嘆《なげ》きだったとしたら…。

駆けながら敬次郎はもう一度、思いを巡《めぐ》らせてみた。

『所詮《しょせん》…どうにもなりゃあせん』

節が承知してくれるなら武士を捨て町人となって、慎《つつ》ましやかな暮らしでもいいと。次男坊とはいえ、兄にもしもの事が有れば、敬次郎が家を継がねばならぬ。武士を捨てる勝手が通る筈が無い。節の方でも、下級武士の食い詰め者に嫁がせるのも、ましてや町家の者に嫁がせる事など慮外《りょがい》のこと。

自然と思慮《おもい》の先は『所詮…どうにもなりゃあせん』に行き着いた…気持ちとは裏腹に。

《どうにもならなんだんか？　本真《ほんま》に…》

未《いま》だに、その答えは出ていない。


出家した敬次郎は、欲望を捨てる事で自分の苦しみから逃れようとして来た。それはあたかも釈迦《しゃか》の説く処の執着《しゅうぢゃく》からの解脱《げだつ》に適《かな》うことでもあった。敬次郎はそれが正しいと思い、今日まで生きてきた。

俗世《ぞくせ》に望みがなかった訳ではなかった。節との暮らしを夢見たこともあった。もし叶っていたなら、ただそれだけで幸せな生涯が送れただろうとも思った。

だが、叶わぬ望みを抱き続けることは苦悩以外の何ものでもない。諦《あきら》めることで叶わぬ望みを捨て、苦悩からも逃れる事が出来た。

和尚は言う。これを諦観《ていかん》というのだと。全ての執着を捨てた究極の姿は無であると。無の世界には苦悩がない。その代わりに歓喜《かんき》もない。在るのはただ静寂《せいじゃく》のみじゃと…。

果たしてそれが幸せの世界と言えるのか？　敬順にも未だに納得が出来ないでいる。ましてや僧侶でもない者達には、到底受け入れられはしないだろう。ゆきもきっとそうに違いない。

時が経ち、ゆきの涙が藤吉の鬼の形相《ぎょうそう》を流し去って止《や》んだ。身の不遇を話し、その辛さを泣くだけ泣いたら、気の昂《たか》ぶりが鎮《しず》まった。敬次郎に身の上は解かって貰えたはずだ。ゆきは涙で強張《こわば》った瞼《まぶた》を開け、敬次郎に顔を向けた。

下瞼に引いていた紅《べに》が溶け、半乾きの涙を紅《あか》く濁らせ、隈取《くまど》りを乱した。その乱れ様が、ゆきの顔を何とも艶《あで》やかに彩《いろど》っていた。

ドキッと胸が高鳴る。その艶やかさは、敬順が眠らせようとしている愛憐《あいれん》の情を呼び起こさないでは置かなかった。すぐ傍《そば》にいるゆきが間違いなくおなご（女子）であり、途惑いながらも次第にそのゆきが愛らしいと感じてくるのは自分もまた生身のおとこ（男）なのだと知らされる。

だからといって、どうしろというのだ。自分は修行中の僧侶。何が出来る？　何も出来ん。

「何も出来んのだ」と、ゆきに言い、諦めて貰おうと顔を向けた。

ゆきの表情が、殊《こと》にその眼差《まなざ》しが…とてつもなく重い思いを秘めたその眼が、敬順を圧倒した。敬次郎は、言おうとしていた言葉を呑んだ。硬い石になって腹に落ちた。

節は決して不幸にはならないだろう。それなりに、いやもっともっと良い相手と結ばれ暮らして行くだろう。今頃はもう、そうなっているかも知れぬ。そうあって欲しいと思う。手の届かぬ節にして上げられることは、せめて幸せを祈るだけなのだから。

ゆきは異《ちが》う。敬次郎の目の前に居る。手を伸ばせばその身を抱くことも出来る。敬次郎の中で、ゆきと節とが入り乱れ混沌《こんとん》として次第に同化して行った。

自分を見つめる敬次郎の眼差しに暖かな情があるのを、ゆきは敏感に感じ取った。

本当の慕《おも》いを伝える時だと、ゆきは思った。乾坤一擲《けんこんいってき》。ゆきは賭《か》けた。

「私ぁ、敬次郎さまが好きじゃから…初めて逢《お》ぅた時から」

流石《さすが》にゆきもこの言葉を口に出す時は、下を向いた。恥ずかしゅうて、顔を見てはとても言えん。それでも、渾身《こんしん》の勇気を奮《ふる》い起こしてやっと言うた。

恋《こい》しい人《ひと》にただ思いの丈《たけ》の全て伝えておきたい。叶《かな》わなくても仕方が無い。言っておかなくては未練が残る。未練が有っては死に切れない。ゆきは覚悟を決めていた。

「敬順様ぁ、私《うち》にお情けを下さい、そうしたら私《うち》はもうどうなってもええ…死んでもええ…」

敬順はただ途惑《とまど》うばかりだ。

敬順は己を捨てて生きようとしているが、ゆきは己を守って死のうとしていた。不幸が運命なら、ゆきはそんな人生は要らない。

敬順の思考が停止した。どうしていいのか分からない。僧侶の分別の範疇《はんちゅう》を超越《ちょうえつ》している。今、何がしかの判断を下せるのは、敬次郎としての生身《なまみ》の感性だけだった。

ゆきの泣き顔は、節の泣き顔と同じになった。泣いている理由が何であろうと、ただじっと泣き止むまで、肩を抱きしめて一緒に居て遣《や》りたい。その衝動に駆られた。

「死ぬな…死んだらいけん」

敬次郎は、夢中でゆきを抱きしめた。抱いていなければ本当に死んでしまうと思った。死なせたくない。死なせたくないのも、抱いているのも、その相手は節なのかも知れない。節とゆきが敬次郎の中で完全に同化していた。

―息が出来ん…。息苦しい…―

抱かれていることは判る。ただ期待していた抱かれ方とは勝手が違い過ぎていた。逃れようと身を捩《よじ》ってみたが、両腕ごと抱きしめられているのでどうにもならない。微《かす》かに頭が動いただけだった。男の力の強さに驚くばかりだ。敬次郎様に殺されるなら辛くはないけど…いきなりこのままじゃなぁ…。

そう思った時、情けないか細い声が口を吐いた。

「く…苦しい」

そのか細い声を発したゆきの唇は幸いに敬次郎の耳元に在った。慌《あわ》てて敬次郎は腕を解《と》いた。

ふたりは、大きな息をしながら互いを見つめあった。ゆきの体には痛みの消えた後に心地よい抱擁《ほうよう》の感触が波打ち、敬次郎の腕にはゆきの柔らかく弾むような紛れもない女の体感が染み込んでいた。

快感の余韻《よいん》が消えるまで、ふたりは見つめ合った。

黙ったまま…言葉は要らない。見つめあう視線で熱い思いを伝える。

敬次郎は、節に伝えられなかった言葉を今、視線に込める。「好きじゃった」と。

ゆきは、返す。「ずっと好きじゃ」と。

思いを伝えあうには充分な時が過ぎた。

痺《しび》れを切らした悪戯《いたずら》な風がふたりの邪魔をするように、ふう〜っと冷気を吹きかけて通り過ぎた。熱い視線が冷《さ》まされ、ふたりも醒《さ》めた。

醒めると急に恥ずかしくなった。ふたりはどちらからともなく視線を落とした。

重い沈黙に変わった。

敬次郎は思考の停《とま》ってしまった僧侶の敬順に戻った。

思いの丈《たけ》を伝えてしまったゆきにも、この先どうするという思案はもう無い。敬次郎はまた黙り込んでいる。今の今、これ以上どうにかして欲しいと言うのも無理な事だと思う。

「死ぬな」と言ってくれた。だけどそれも無理に言わせたものかも知れない。死ぬと言ったら、止めるのが道理。ましてや相手はお坊様…。

ゆきは明日に希望を繋《つな》ぐ事にした。

「私は狐じゃ、ゆきに化けた女の狐じゃ。もう会うのが厭なら来て貰わんでもええです。私《うち》は明日《あした》の晩《ばん》もここに居ります」

そういい残して、背を向けると一気に化粧坂を駆け下りた。駆けながら思い返した。望外《ぼうがい》の幸せだったと。敬次郎様に会えた。思いの全てを伝えられた。どうであろうと「死ぬな」と言うてもらえた。その上、死ぬかと思う程に抱いてもらえた。これ以上に何を望もう。

ゆきが去り、独り残された敬順は、茫然《ぼうぜん》と座り込んでいた。頭の中も心の中も空回りを続けている。夜更けの冷気が、もう寺に帰れと急き立てるが敬順には届かない。

「こりゃ敬順、まだ寺に帰っとらなんだんかぁ？　そこで何ゅうしょんなら？」

出される酒も満《み》てた（反意語＝空《から》になる：無くなる）ので仕方なく腰を上げた和尚は、酔いの回ったよたよた歩きでやっと化粧坂を越え、地蔵堂で一息つこうと足を向けた。何やら人影が在るのに気付き、明かりを近づけるとぽつねんと敬順が座り込んでいた。訝《いぶか》った和尚が声を掛けた。

「…はぁ？」

敬順からは何とも間の抜けた返事が返って来た。

「ははははぁ。さてはおめえ前ぇ、狐に誑《たぶら》かされたなぁ〜。儂《わし》ゃぁさっきなぁ、化粧坂《けわいざか》の下《しも》で娘に化けた狐に出会《でお》うたぞぉ。大方《おおかた》あれに騙《だま》されたんじゃろぅが」

「狐か…はははは」

和尚に釣《つ》られて笑った心算《つもり》だったが、顔は凍《こお》りついた様に動きもしなかった。

『ゆきじゃ。狐じゃぁありゃあせん、狐なら放《ほう》っとけるのに…』

酔っている和尚は、敬順の様子がおかしいのを深く気にする事も無く、手にぶら下げた徳《とっ》利《くり》を、落とすなよと念を押して敬順に持たせると先に千鳥足《ちどりあし》で寺に向かって歩き出した。ぽつりぽつりと敬順も後に続いた。

床に就《つ》いても眼は冴《さ》えたままだ。

僧侶として生きるなら、ゆきは見捨てなければ…。ゆきを救うなら、僧侶を捨てねば…。寺を出て、どうする？　生きてゆく術は？

答えの出ない自問が続き、夜は深深と更けて行った。


ゆきは、息を整えてそっと勝手口から忍ぶように家に入った。勝手の間は、明かりも無く真っ暗な中に囲炉裏の残り火が、薄気味悪く赤く火照っていた。

ゆきが更に足を忍ばせて勝手の間に上がり、二三歩歩いた時、何かを蹴《け》った。それが何だったか、ゆきには直ぐに判った。

『しもうた（まずい）事をした、まだ居《お》ったんじゃ』　ゆきは顔を顰《しか》めた。

「誰なら、ゆきか？」　義兄の藤吉《とうきち》の酔っ払った怒鳴り声が響いた。

「ええ男《おとか》ぁおったか？　なんぼう（幾ら）貰えたんなら？」

下衆な笑い声を含めて、藤吉は言った。

「義兄さん、許してんよう。今日は誰にも会えなんだんじゃもん…」

その通りだった。ご城下や陣屋・宿場ならいざ知らず、こんな辺鄙な田舎村のしかも夜更けに、ほっつき歩いている者などいるはずがなかった。身売りをしてこいと言われても買い手すら居ない。坊《ぼん》様は論外《ろんがい》だし。

「会えなんだ？　会えなんだで済むと思うとんか？　年貢が納められにゃあ、おめえも此処にゃあ居られんのんじゃ。何っ処《どか》に奉公にでも行かにゃあなあ！」

藤吉が喚《わめ》いた。その言葉には、怒りと苛立《いらだ》ちがあった。皺寄《しわよ》せばかりを食《く》わされる百姓の持って行き場の無い辛《つら》さが怒りとなり、義理とはいえ妹までも身売りさせようとしている、自分の不甲斐《ふがい》なさが苛立ちとなっていた。

それが、ゆきにも解かる。口を噤《つぐ》むしかない。ゆきは項垂《うなだ》れた。

「ゆきを出すぐらいなら、私《うち》が行かぁやぁ」

納戸《なんど》の戸口から、姉のなつが苦々《にがにが》しい声を上げて飛び出して来た。なつは、何とかゆきを守ってやりたかった。

「夜鷹《よたか》の真似《まね》は、ご法度《はっと》（禁止）じゃがぁ。お役人に知られたら、あんたも捕《つか》まるんぞ」

なつの剣幕《けんまく》に押されて、藤吉はチッと舌打《したう》ちしたものの、口を閉ざした。

備前岡山藩では、池田光政の定めた「傾城歌舞音曲法度《けいせいかぶおんぎょくはっと》」以来、売春はご法度（禁止）となっている　傾城とは本来、城を傾けるくらいの美人という意味だか、江戸時代には遊女をこう呼んだ。無論、藩内には遊郭《ゆうかく》など無い。宿場や港町には、ケコロとかケコロバシとか呼ばれる酒飲み相手に、束の間の遊び相手をするお女郎さんが居るにはいた。

一間《ひとま》の部屋に入るや、蹴《け》って転《ころ》ばし、事に及んで、さっさと終われば、ハイ、お勘定《かんじょう》の二百文といった具合で、情も愛想《あいそ》も有ったものではないらしい。そんな彼女達も表向きは、ただの仲居《なかい》で通している。

それっきり三人は黙り込んだ。暗闇の中で不規則な呼吸の音が微《かす》かに響いている。そんな重苦しい空気に眠りを奪《うば》われたのか、赤子の清蔵《せいぞう》が、ぐずり始めた。

「今夜はもうええ…」場都《ばつ》が悪そうに、言い放って、藤吉は納戸の間に消えた。

「ゆきも、もう寝んと」

姉にそう言われて、ゆきは老夫婦と一緒の中の間の部屋に足を向けた。

「今年は不作じゃし、年貢も足らんのに、お前みてぇな穀潰《ごくつぶ》し者（余計者）まで居ったらかな叶わん（やりきれない）わぁー。自分の食い分ぐれえ、身売ってでもどねえかして来るんが当たり前じゃろうがぁ！」

ゆきの後ろから、また藤吉の喚《わめ》き声が響いた。藤吉は屑米《くずまい》の濁醪《どぶろく》を呑《の》んで、ひどく酔っていた。年貢の都合がつかず、荒れている。

お金の都合をつけないと、この家に自分の居場所は無いと、ゆきは痛感《つうかん》する。流れそうになる涙を、唇を噛《か》んで押《お》し留《とど》めた。泣いたら余計に惨《みじ》めになる。頭を振って、ゆきは駆けた。穀潰《ごくつぶ》しと罵《ののし》られたが、ただ飯なんか食べさせて貰《もら》った覚えは無い。それどころか、嫁いでいる姉のなつ以上に働いているつもりだ。悲しい事に、働いたからといって、それに見合う収量が増える訳ではない。こまめに草を取り除いても高が知れていた。豊作不作は、天候と運任《うんまか》せだ。

この年、備前の村々が、旱魃《かんばつ》と蝗《いなご》の二重の被害《ひがい》に襲《おそ》われたのもそうだ。ゆきの所為《せい》でも義兄《あに》の藤吉の所為でもない。なのに不幸だけは、確実に百姓達に回ってくる、理不尽《りふじん》にも。そして百姓達は、間違いなく、いつも辛酸《しんさん》を嘗《な》めさせられている…。

# 7

# 横恋慕《よこれんぼ》

名主の娘の『久実《くみ》』は、土間で台所の手伝いをしながら、法要《ほうよう》を勤める敬順《けいじゅん》の後姿を飽《あ》きることなく追っていた。襖《ふすま》の隙間《すきま》、人の背越《せご》しに、愛《いと》しい敬順の姿が垣間《かいま》見える。その度に胸に激しい痛みが走る。それが嬉《うれ》しい。人が動き敬順の姿が消えると泣きたいほどに辛《つら》くなる。それを耐えて、次に現れる姿を、身を焦《こ》がしながら待つ。その苦しささえも愛するが故と思えば、うっとりとするほどの悦《よろこ》びに変わる。それがほんの束《つか》の間であっても待ち焦がれた姿を見つけた歓《よろこ》びは、涙が出るほどに胸を熱くする。久実は、情的《じょうてき》（精神的）被虐歓喜《マゾヒズム》な愛に魅入《みい》られていた。

久実の結婚相手は決まっている。嫌という程ではないが、抱かれて嬉しい相手では決してない。親が決めた相手、久実に拒《こば》む権利は認められない。双方《そうほう》の親兄弟・親戚の者が承諾《しょうだく》したからにはもう従うしかない。そういう時代だった。恋愛などご法度《コロビ》の世だ。恋愛結婚する者は＝我儘《わがまま》な野合《やごう》（正式ではない）夫婦＝として禁止され認められない。もし好きなタイプと一緒になれる事はあっても、決められた相手が偶然にそうであったに過ぎない。それこそ幸運《こううん》以外の何者でもなかった。

名主『与平《よへい》』の子は久実と妹の女ばかりだった。家を継ぐには婿養子《むこようし》を貰《もら》う必要がある。ただ野良《のら》仕事が出来るだけでは務《つと》まらない。読み書き算盤《そろばん》が達者なのは当たり前、藩の御用や役人の接待も落度《そつ》なく取り仕切らなくてはならない。相応《ふさわ》しい相手となると限られる。同じ名主の家の者で、その心算《つもり》で教育もして貰って置く必要もある。

以前から、八塔寺から南に下った神根《こうね》村の名主の次男坊が利口《りこう》だと聞き、先々はと親同士で決められていた話が、そろそろ二人も年頃となり、媒酌人《ばいしゃくにん》を立て正式な許婚《いいなずけ》とするため久実はその男に引き合わされた。

名は『伊作《いさく》』といった。確かに眉《まゆ》も太く利口そうだが愛想《あいそ》笑いの一つもしない堅物《かたぶつ》。体もがっしりとし顎《あご》が張って丈夫《じょうぶ》そう、名主の務めも果たせそう。顔の造りは全体としては並《なみ》、せめてもう少し顎が…逃げ出したい程ではないが決して嬉《うれ》しい相手ではなかった。久実が口を挟《はさ》む事は許されないし、言っても無駄な事は解かっていた。親に言われるがままに頭を下げた。

久実には好きな男がいた。同じ村の子だった。名は『秀松《ひでまつ》』。年は二つ上。自作の他に、両親が雇《やと》われて名主の家に手伝いに来ていた。親達の邪魔にならぬよう二人して遊んだ。秀松は整った顔をしていた、そして優しかった。久実は秀松の嫁になると言い、秀松も久実を嫁にすると言った。二人は未《ま》だ子供だった…。やがて大きくなり、現実の事として思い始めた頃、互いに親から酷《ひど》く叱《しか》られ、互いの運命を知った。秀松は漢字も読めないし算盤も苦手、名主の器ではなかったし家柄も釣り合わない。

好きなもの同士の家柄が釣り合い、互いの家同士が認め合う事など殆《ほとん》ど稀《まれ》だった。どころか、祝言の日に初めて顔を合わす事も珍しくない…遠くに嫁ぐ場合にはそれが普通でもあった。顔を合わせて好みなら幸《さいわ》い、そうでなければ覚悟を決める。全てが家の都合で決められ動いていた。

久実には、その幸運が巡《めぐ》らなかった。だからといって、久実はただ諦《あきら》める気にはなれない。身は現実《うつつ》に抱かせるしか無くても、心は夢に抱かれたかった。久実が恋した相手も敬順だった。

門前《かどさき》の柿木の影に気になるものを見た。誰かが自分と同じ様に敬順様の様子を覗《うかご》うとる。はっきりたぁ判らんけど、自分と同じ年頃の女子《おなご》の様じゃ。一体、誰じゃろぅ…。

—敬順様に近づく者は許さん！— 怒りが込み上げて来た。

敬順が寺に入って三年。漢字の読める敬順はお経の覚えも解読も早い。何とか脇導師も勤まる様になり、早雲の代わりに村の法事にも出向くようになった。名主の家にも行く。

初めて会った時、久実は一目で敬順に心を奪われた。頭や衣《ころも》は確かに坊様に違いなかった。顔といい姿といい立《た》ち居《い》振る舞いはまるで違う。一度、年貢納《ねんぐおさめ》に付いて行った片上《かたかみ》の街で見たお人形の様…村の者とは全く異《ちが》う、何とも気品が有った。

久実も聞いていた。敬順が元は侍であった事は…久実が聞かされていた侍という者は、物々しく威張《いば》っているものだと。

敬順は違う、物静かで優しそうであった。久実は一瞬にして恋をした。秀松への未練など消し飛んだ。その日から敬順は久実の心の恋人になった…穢《けが》れなき理想の存在として…。

久実の思いはこうだ。いくら恋しくても敬順とは結ばれないものと久実も諦《あきら》めている。それは敬順が僧侶だからで、無論ほかの女達とも結ばれることなど無いと思っている。何も間違いではない。それが普通の考え方なのだから。普通と異《ちが》うのは、現実《リアル》の世界では結ばれなくても自分だけの空想《バーチャル》の世界では、他の女性と一切穢《けが》れることの無い無垢《イノセント》な敬順を独《ひと》り占《じ》めにし、空想の世界にのみ自分の本当の姿と欲望を解き放ち、現実には詰まらない男に抱かれていても心を閉ざし無感情となる事で現実の男を裏切り、その裏切りの罪の深さが、空想の世界に於《お》ける敬順への愛の証となるのだと信じ込む事だった。

久実の理屈に拠《よ》れば、敬順は誰にも穢《けが》されてはならない。その為には、女子は近づけてはならない。若い娘などは以《もっ》ての外《ほか》だ。

雨乞《あまご》いの千だん焚《だ》きの時、雷に怯《おび》えたゆきが敬順にしがみ付いたのを、嫉妬《しっと》と怨嗟《えんさ》を燃え上がらせて見つめていたのは久実だった。

敬順様が汚《よご》された。許しゃあせん！　汚《けが》らわしいゆきを、どねえしてでも引き離さにゃあならんわぁ。

久実はゆきに掴《つか》み掛かろうとした。と、その時、村の衆に、ゆきと敬順は冷やかされた。ゆきは羞《は》じをかいた。久実は少し溜飲《りゅういん》を下げ、あの時は何とか気持ちを鎮《しず》めたが、痼《しこり》は消えてはいない。これ以上敬順様を穢されたくはない。

あの姿、誰かに似とる……。あっ、もしかしたら、また…ゆき…かも知れん。

千だん焚きの嫉妬と怨嗟が蘇《よみがえ》る。怒りに火が着き、一気に燃え上がった。たとえゆきでなくても追い払わなくてはならない。久実は急いで台所を出た。

丁度その時、寺に帰る敬順が部屋を出て玄関にやって来た。敬順の姿を見た途端《とたん》に、久実の足は止まった。怒りの形相《ぎょうそう》をさっと消し、お愛想笑いを繕《つくろ》い、優しげな娘と化した。

敬順は久実に一礼をして玄関の土間に降り、草鞋《わらじ》の紐《ひも》を結ぶと、名主の家の一同に帰りの挨拶《あいさつ》をして夜道に出て行った。

久実はぼーぅっと立ったままになった。嬉しさと恥ずかしさと息苦しさと恋しさが交々《こもごも》に久実の体を駆《か》け巡《めぐ》る。ゆきのことなどすっかり忘れてしまっていた。

「何ゅうしょんなら、この子は。そげぇな所にぼさーっと突っ立っとたら邪魔になろうがぁ。さっさと片づけを手伝われぇ」

娘の恋心など露も知らない母親の叱《しか》り声は、久実の夢心地を無残にも粉々に打ち砕《くだ》いた。憮《む》っと膨《ふく》れっ面《つら》をしたのが余計だった。思いっ切り尻を引《ひ》っ叩《ぱた》かれ、また台所へと追い立てられた。

母に叱られて気分が悪くなると、忘れていたゆきへの怒りもまた思い出す。渋々《しぶしぶ》手伝いをする合間に、ゆきらしい姿を探して見たが、もう消えてしまっていた。さっさと済ませて部屋に戻ってからも、何やら久実は胸騒《むなさわ》ぎがする。

敬順の顔を思い浮かべても、何時もの様には胸が熱くならない。部屋の空気が澱《よど》んでいて黴臭《かびくさ》い。それもあってか不安だし嫌な予感もする。気分を変えようと、久実は障子を開け、敬順の居る八塔寺の山を見た。

久実の気分とは裏腹に、晴れた夜空に白い三ヶ月が冴《さ》えた光を放っていた。何時もなら綺麗《きれい》と思えるだろうに、今夜は何とも皮肉っぽくて腹立たしい。

視線を落としたその先に走る人影を見た。道端の木々や草むらの切れ間に映る人影はどうやら若い娘のようだった。久実は直感した、ゆきだと。追う視線に怒りが乗り移る。滅入《めい》っていた気分はたちまち怒りに焼き尽くされた。

『もしかしたら、ゆきは敬順様と…逢《あ》いに行ったんか…』

久実の中に激しい憎悪《ぞうお》が湧き上がった。


名主の『与平』は、三月毎に法事をする。八塔寺から源粋和尚と伴《とも》の僧侶を呼ぶ。伴の者は早雲と敬順と交代で勤めている。今回は敬順の番だった。与平が信心深いというだけではない。村には娯楽が無い。

初代池田藩主の光政《みつまさ》（一六〇〇年代）は藩内の賭け事や商的な相撲・芝居・諸芸の興業を禁じ、二代目の綱政《つなまさ》（一七〇〇年初期）は盆踊りを始めとする大人の男女の踊りも禁じ、三代目の継政《つぐまさ》（一七〇〇年前半）になると寺社の縁日・祭日の祭礼の出し物までも禁止してしまった。その上、近頃では村芝居までも止めさせる心算《つもり》で厳しく眼を光らせている。後世に「傾城《けいせい》・歌舞音曲法度《かぶおんぎょくはっと》」といわれる酷《こく》法が布《し》かれていた。

傾城（遊郭《ゆうかく》）はいざ知らず、その他のご法度に百姓達は、息まで詰まらせている…。唯一の例外が「伊勢の太神楽《だいかぐら》」を迎えることだった。笛・太鼓のお囃子《はやし》に乗って踊る、獅《し》子頭《しがしら》を被った太夫《たゆう》の軽業《かるわざ》や剽軽爺《ひょうけじじい》の滑稽業《こっけいわざ》を見るのが何よりの楽しみだったが、それとて年に一度廻って来るだけだ。

現世に「歓喜《かんき》」が無ければ、あの世に救いを求めるしかない。文字も読めず、知識の乏しい農民達が、仏の世界や成仏の道を知るには、僧侶の法話や七五調風に語られる和讃《わさん》を通じてだ。心慰《なぐさ》められるのは、こんな時しかない。

名主は、法事の度に順番に村人を家に呼んでは、話を聞かせ僅《わず》かな馳走《ちそう》の膳《ぜん》で持て成した。それも大切な名主の役割なのだ。こうして百姓達を掌握《しょうあく》しておかないと、いざという時に、言う事を聞いて貰《もら》えない。

話をする僧侶とて、辛酸《しんさん》を嘗《な》めさせられている。藩主・光政は宗門改令《しゅうもんあらため》を発し、寺と僧侶の数は半分に減らされてしまった。

更に、寺子屋を廃止し、郡中手習所《ぐんちゅうてならじょ》を設立した。藩校や手習所は、表向き庶民《しょみん》の子弟教育の為の慈恵《じけい》的な施設とされたが、その真の狙いは、寺院僧侶が行ってきた仏教的教育を否定し民衆から切り離し、備前藩の基本思想である儒教《じゅきょう》に改宗させる事にあった。

だが、その目論《もくろ》みは、光政の熱意と忠臣・津田永忠《つだえいちゅう》の英知を持ってしても数年で廃絶に追い込まれてしまった。庶民の多くは、寺子屋で教えてもらえる、手習い（習字のひらかな・カタカナと簡単な漢字）や算用（足し算・引き算と簡単な掛け算）で充分だった。それ以上の儒教の講義など、全くの無用の長物だ。

加えて、藩の方にも難題があった。師匠（教師）の不足だった。儒教の中でも、論語を始めとする四書五経の「文字読の師匠」「講釈（解説）の師匠」の育成が急務とされる程に不足していた。

殆《ほとん》どの百姓衆は字が読めない。話して聞かせてもらうしか知る術《すべ》がない。和尚や敬順達の話が何より楽しみとなっている。

和尚は、ちびちびと出された濁酒《どぶろく》を呑みながら光明真言和讃《こうみょうしんごんわさん》を解かりやすく、時に面白可《おもしろお》笑《か》しく、時に悲しげに法話を説く。なかなか帰ろうとしない百姓達を前に話は夜半に及ぶ事もある。

法話は他にも弘法大師《こうぼうだいし》和讃やいろは歌もあり、悲哀《ひあい》の末に慈悲《じひ》の地蔵尊《じぞうそん》に救われる地蔵和讃は、我が身を幼児《おさなご》に置き換えて涙ながらにじっと聞き入る。お経の一説を説くこともある。

この日、村人は和尚に切実《せつじつ》な相談事を持ちかけた。話は長くなりそうだ、和尚は敬順に先に帰れと促《うなが》した。今夜は様子が違う、百姓衆に笑顔がない。虚《うつ》ろで救いを求める眼を向けた後、暫《しばら》くすると誰もが一様に諦めるように重く頭《こうべ》を垂れる。なのに集まった百姓は誰も腰を上げようとしないし、名主も帰そうとしない。

稲の作柄が悪い。例年の半分に…。年貢米の納められる家はどこもない。名主の家も例外ではない。減免はあったが足らずは金で納めなければならない。金策《きんさく》の当てとて無い。

百姓達は『死』を背負っている。それも楽な死ではない、最も過酷《かこく》な餓死《がし》を…。死を覚った者は笑えない。笑ったとしてもそれは、虚無《ニヒル》な冷笑《れいしょう》にしかならない…。それでも和尚の法話の中に笑いや救いを求めて耳を傾けた。笑えなくても、救いを求められなくても…承知の上で。話す和尚も救いきれない事を承知で語った。法話が終わった今、現実だけが残された。誰もが悲惨《ひさん》な時空《じくう》を彷徨《さまよ》っている。

敬順は城ヶ畑に向かって足を速め、支流沿いに分かれ道を入った所で足を止めた。他に人の気配が無いことを確かめた後、杖で道端の木の幹をコンコンと叩《たた》いた。道脇《みちわき》の木陰から用心深くゆきが姿を現した。次に村里に用事のある日を、ゆきは逢って別れる時に必ず敬順に聞いている。今日はその日だ。

どうしても急用のある時の合図も決めてある。戌《いぬ》の刻《こく》から亥《い》の刻《こく》（午後八〜十時）の間に望《のぞみ》が丘《おか》の辻《つじ》で合図の提灯《ちょうちん》を大きく三回転する。時を置いて三度それを繰り返し、ゆきは辻の木陰に身を隠す。合図が届けば敬順が辻に下りて来て「化粧坂《けわいざか》の狐か？」と問う。

ゆきは黙ったままだ。二人は無言で寄り添《そ》い、道脇の林の中に身を潜《ひそ》めた。ここは村里に近い。人目が怖い。

ゆきは義兄《あに》の藤吉から攻《せ》められて、一家離散の時に貰った金を小分けにして何度か手渡していた。最初に差し出した時、藤吉は大層《たいそう》驚いた顔で「真逆《まさか》？ ゆきぃ〜…お前《めえ》…」と絶句《ぜっく》した。ゆきは恨《うら》めしい眼で藤吉を見上げた。身を売った金ではないが、父親の死と一家離散の悲惨な運命から滴《したた》り落ちた苦汁《くじゅう》の金だった。命《いのち》の金に等しい。それを差し出す事は、自分の身と生命《いのち》を削《けず》るのと同じだ。

藤吉は眼を背《そむ》け、金も受け取らず家の外に出て行った。ゆきも野良仕事《のらしごと》に出た。ゆきが畑から戻った時、囲炉裏端《いろりばた》の框《かまち》に置いた金は消えていた。それから後、暫《しばら》くはゆきに気遣《きづか》いを見せる事もあったが、また次第に元に戻ってゆきに当たる様になった。二度目からは、藤吉は黙ってその場で金を受け取った。

年貢の納め時が来た。組頭の藤吉の仕事は年貢米を集めただけでは済まない。御蔵《みくら》と呼ばれる藩指定の倉に納めるまでが責任として負わされている。米俵を荷車や牛馬に載《の》せ、人も担《かつ》ぐ。大藤《おおふじ》から左手に牛中《うしなか》・飯掛《いかけ》と山道を上り下り、日笠《ひかさ》から和気《わけ》へと運ぶ。以前は吉井川《よしいがわ》の津から高瀬舟《たかせぶね》に積み込み川を下って西大寺《さいだいじ》の河口から岸沿いに西に進み旭川《あさひがわ》を遡《さかのぼ》って、京橋《きょうばし》の岡山御蔵に納めていた。舟は楽だが船賃が掛かる、これも百姓の負担だ。八塔寺は備前の国の一番東北の端ある。和気の益原《ますばら》まで山道で五里（約二〇㎞）。岡山御蔵まで舟で残り七里二十八町（約三〇㎞）あった。今は和気から中山峠《なかやまとうげ》を越え伊部坂《いべさか》を下った片上《かたかみ》の片上御蔵に変わっている。舟は使わない。船賃は掛からないが和気から更に三里を運ばなければならない。

藩は小役人とて荷の積み下ろしも荷車引きも手伝おうとはしない。

『欲しんなら、お前等《めえら》が自分で持って行けぇ〜！』　そう言ってやりたい…。組頭などになるんじゃなかったと熟《つく》づく後悔した。その上、道すがら木《こ》っ端《ぱ》役人の腸《はらわた》の煮《に》えくり返る偉《えら》そうな口上《こうじょう》まで聞かされる。

＝えーかお前達、今年は藩内全てで不作により、特別に藩公治政《はるまさ》様のご仁徳《じんとく》を持って年貢の不足分はその半分を金子《きんす》にて納め、後は免除《めんじょ》と相成《あいな》った。有り難く御礼申し上げる様に＝　…だと。

怒《いか》りを通り越して藤吉は自分が惨《みじ》めで情けなくなった。

『来世、また百姓に生まれるんなら儂《わし》ゃー絶対に断る。犬畜生《いぬちくしょう》の方が余《よ》っ程《ぽど》ましじゃー』

荷車を引きながら腸《はらわた》が千切れる程に喚《わめ》く…声に出せたら……。怒りは発散《はっさん》されず、そのまま腹に溜《た》まった。

年貢は終わっていない。金子払いが残っている。裏作の麦や畑作の大豆まで…自分達の食い扶持《ぶち》まで吐き出して。冬の山仕事で埋めなければならない。それでも足るかどうか？　二年続きの不作だ。去年も現金収入を求めて、樵《きこり》・薪《まき》割り・炭焼きに出て稼ぎ、夜なべに蝋燭《ろうそく》も作った。木枯《こが》らしに吹かれ、雪道に足を滑《すべ》らせ、重い荷を背負って冬の山で働き続ける。豊作であれば、せめて雪の日など、藁《わら》仕事をしながらでも囲炉裏のそばにでも居られるものを…何の因果か…百姓達は…。

働ける者はまだ生き延びられた。病める者、働けない家の者、老人、幼児《おさなご》…春を待てずに土饅頭《つちまんじゅう》の下に眠った。

この頃全国で百姓一揆《いっき》が頻発《ぱつ》する様になっていた。岡山藩では未だ静かであった。それは、庄屋・名主・村役人が不正を働かず、百姓達の信頼を得ていた事。また代々の藩主も質素を守っていたからだった。江戸詰めの侍達は江戸っ子から何処《どこ》の貧乏藩の者かと貶《けな》される程だったという。

この藩には光政以来の政道《せいどう》に於《お》ける天命思想《てんめいしそう》があった。天命思想と言うのは《領民は大名の私物ではなく大切な天からの預かりものであり、百姓《ひゃくせい》（領民）への不仁即不忠《ふじんそくふちゅう》》という考えであった。仁政の基本思想だった。ただ時代と共にこの思想も廃れ、四代目宗政《むねまさ》は書画や和歌を好み、五代目治政《はるまさ》は奢侈《ぜいたく》に走った。幕府老中松平定信《まつだいらさだのぶ》の発した倹約令《けんやくれい》にも従わず。《越中《えっちゅう》（定信）に越されぬ山が二つある。京の中山（中山愛親《なかやまなるちか》）・備前岡山（池田治政《いけだはるまさ》）》と嘆《なげ》かせた。藩主が贅沢《ぜいたく》に走れば、苦しいだけの百姓はもう耐えてはいられない。

……

不稼不穡　　稼《か》せず穡《しょく》せず
胡取禾三百廛兮　　胡禾三百廛《なんぞいねさんびゃくてん》を取る

……

彼君子兮　　彼《か》の君子《くんし》は
不素餐兮　　素餐《そさん》せず

「耕作もせず　何故三百人分もの稲を取り上げるのか？　あの主人達は　美味しいものばかりを食べている」《詩経《しきょう》・魏風《ぎふう》の伐檀《ばつだん》》

不足金は去年以上だ。不満は爆発寸前にまで高まっていた。だが一揆に走れば自分達も生きる場を失う…。

ゆきは今日までの経緯《けいい》を淡々《たんたん》と話す。感情を押し殺しているのが敬順には痛い程に解かる。そうしなければとても話を続けられまい。そうであるが故に凝縮《ぎょうしゅく》された真相《しんそう》だけが言葉となって滴《したた》り落ちてくる。ゆきの言葉の一言《ひとこと》一言が敬順の胸に深く鋭《するど》く突《つ》き刺《さ》さる。

聞き終えた敬順は返してやる言葉が無かった。ただ、強くゆきを抱き寄せた。何も言わず敬順は寺へ、ゆきは義兄の家へと戻る。言わずとも二人には解かっていた。決断の時が来たのだと…。

ゆきは駆け出した。その先には幸せが在るのだと信じて。そうでなければ…。それでいい…長く生き地獄を彷徨《さまよ》う気は無い。幸せになれないならいっそ…。ゆきにもう迷いは無かった。

生きるという事は半端ではない。百姓達を見ていて敬次郎はそう思う。質素《しっそ》に暮らせば僧侶《そうりょ》は飢《う》える事は無い。食うだけの所領は保証されている。百姓達に身の保証はない。質素は当然、餓慢は当たり前、不作の年は身を削《けず》れ…だ。

冷飯喰《ひやめしぐ》らいの武士から僧侶となった敬次郎だったが、今までは何とか糊口《ここう》を凌《しの》げる保証は有った。寺を出ればその保証を失う。自分が食えなくなるのは仕方がないで済む。ゆきまでそうさせて仕舞《しま》っては何の救いにもならない。敬順の苦悩はそこに在る。生きる術を身に付けなければ…今の敬順にその見込《みこ》みも妙案《みょうあん》も無い。寺に帰る敬順の足取りは重い…。

城ヶ畑の山道から大道に出る辻《つじ》を駆け抜ける時、ゆきは路傍《ろぼう》に立つ人影《ひとかげ》を見た。構わず駆けた。娘が一人で居る時間でも場所でもない、怪しまれるのは明白だ…顔さえ知られなければ何事も無い。

「ゆきぃー!」　背後から女の声がした。

知られたか…。…足を止めれば認める事になる。捕《つか》まらなければ人違いを押し通せる。ゆきは脇道に入り、家とは逆の方向に田の畦《あぜ》を遠回りして駆けた。駆けながら、人影と声からその主《ぬし》を探《さぐ》った…名主の娘、久実《くみ》…。

ゆきは知っていた。久実が敬順を慕《した》っている事を。久実には許婚《いいなずけ》が居る、不義《ふぎ》は承知の横恋慕《よこれんぼ》だ。邪魔《じゃま》をする気だ。確証《かくしょう》が無くても久実は必ず言《い》い触《ふ》らす。恋敵《こいがたき》の邪魔が出来ればそれでいい。

ゆきは慌《あわ》てなかった。所詮《しょせん》、切羽詰《せっぱつま》っている、残された時間はどうあれ少ない…。それよりも悪い噂を立てられたら敬次郎様が一層苦しい思いをする。それが何よりもゆきには辛い…。

久実は家に戻ると直ぐ、台所の丸太椅子に腰掛けている母親に向かって大声で話した。奥の間に集まっている和尚や村の衆にもきこえる様に。

「藤吉《とうきち》さん所《とこ》のゆきは、明王院《みょうおういん》の敬順様に言い寄ろうとしょうる…。私《うち》ゃー見た。ゆきが敬順様を追っかけて城ヶ畑の辻に入るんも、優《ゆう》に半時《はんとき》を過ぎてから帰って来るんも…」

「何を言うとんなら、この娘はぁ、大声でぇ」

唐突《とうとつ》な話に呆《あき》れた様子で母親の『きく』は窘《たしな》める。

「敬順様はお坊さんじゃぞー、野《や》っ地《ち》も無《ね》ぇ（無茶な）事を言われなぁ。風《ふう》が悪《わり》い（恥ずかしい）どころの話じゃ無ぇがぁ。せえにぃ、二人が一緒に居《お》る処《とこ》を見たんかぁ？　夜じゃのにぃ…。本真《ほんま》に敬順様とゆきじゃったんかぁ？」

そう母親のきくに問い詰められた久実は口籠《ごも》ってしまった。ゆきを追って行ったものの城ヶ畑の山道には恐《おそ》ろしくて入れなかった。山の奥から狼《おおかみ》の遠吠《とおぼ》えが響く。少し前にも樫《かし》村では二歳の女の子が喰《く》われ、十三の男の子も怪我《けが》をした。

焦《じ》れながら辻でゆきが戻って来るのを待った。呼び止めても振り向かなかったが、あの身の輪郭《りんかく》からしてもゆきだったに違いないが…確証はない。言《い》い咎《とが》められてはもう黙るしかない。

が、それでもいいと久実は思った。この話は必ず噂となって流れる…噂話に確証は要《い》らない。

凶作の不安顔で一杯の村人達は久実の話など誰も興味を示そうとはしなかった。源粋《げんすい》和尚は、表向き笑い飛ばしたが、内心不味《ないしんまず》い事になったと苦慮《くりょ》した。聞き流したように見えるが村人達の記憶にはしっかりと刻《きざ》み付けられている。

人の心は哀《かな》しい。己《おのれ》が苦しい時、憂《う》さの捨《す》て場《ば》が在《あ》れば、人は必ず捨てに行く。

敬順とゆきが危ない。源粋は、この先を案じる。


この夜、敬順はふらふらとやっと明王院に帰ると、自分の部屋にへたり込んだまま動けなくなった。

頭の中は相変わらず出口の無い堂々巡《どうどうめぐ》りを続けている。

『救うか、救わざるか』　『僧侶か、還俗《げんぞく》か』

『仏法か、人情か』　『生か、死か』

寒い。気がつくと障子越《しょうじご》しに夜が明けているのが判った。床も敷かず、そのまま横倒しになって眠ったものらしい。朝の冷え込みに起こされた。寒い。自分で両肩を抱いて震え上がった。

今更、布団を敷くのも面倒だった。傍《かたわ》らにあった袈裟《けさ》を肩に羽織《はお》って寒さを凌《しの》いだ。和尚は二日酔いに決まっている。何時もの事で起きて来るのは昼前になるだろう。

敬順は世を捨てている。世捨て人として生きるのが定めと自分に言い聞かせて。

振り返ってみれば、梨《なし》ノ木峠《きだお》の出逢いから、ゆきは敬次郎の別の生き様を示し導《みちび》こうとしてくれていたのではないのか？　ゆきを救うことは、自分を人に立ち返らせ、人としての生き様を全うできるのではないのか？

そんな思いも次第にどうでもよくなった。敬次郎はただゆきを救ってやりたくなった。自分が救って遣《や》れるのであれば、いや、自分で救って遣りたい。

衆生《しゅじょう》に尽《つ》くすも慈悲《じひ》なら、一人の女を救うも慈悲…。敬次郎は慈《いつく》しむものを得た。それはゆきも同じだった。ともに救われるには、試練を乗り越えなくては…それも並大抵《なみたいてい》ではない試練を…。

失敗《しくじ》れば、生きる道を失う…。

# 8

# 明日へ、郷関《きょうかん》を出《い》ず

敬次郎は節《せつ》の事を想った。今ここに節《せつ》が現れたら何としよう？　そして嫁になると言われたら…。寺に来た頃なら、何も迷わず還俗《げんぞく》し節を妻としただろう。

その後、ゆきと出会った。始めの頃のゆきは節の化身《けしん》だった…その頃でも節を選んだに違いない。だが今…ゆきは節とは別の女性《にょしょう》になっている。迷う…そして迷いながら…今は、ゆきを選ぶだろうと敬次郎は思う。

節との暮らしには前提条件が有る。節には商家《しょうか》の騒《さわ》がしく忙《いそが》しい暮らしも、ましてや百姓の過酷《かこく》な暮らしなど出来もしないし似合《にあ》いもしない。節から柔らかな微笑《ほほえみ》を奪《うば》ってしまう…節が節でなくなる。節は侍の妻でなくてはならない。それには、兄から敬次郎に家督《かとく》が譲《ゆず》られるか、罪が許されて侍として復帰し、微禄《びろく》でも役職を得た時に限られる。

仮にそうなったら、慎《つつ》ましい暮らしでも、日々が春日和《はるびより》の様で、偶《たま》に苦しいことが有っても一寸《ちょっと》した寒《かん》の戻《もど》りみたいに過ぎて行く、穏《おだ》やかな人生が過ごせるだろう…。

ゆきとの暮らしは、真冬の凍《しば》りや真夏の猛暑が続くだろう…その後にやっと、小春日和《こはるびより》や秋の日が来るのだろうか？

節との暮らしには何の不安も不満もない。以前ならきっとそれを望んだろう。だが百姓衆の苦渋《くじゅう》を知った今、敬次郎にはそんな暮らしがとても罪深く思える。侍に戻って何としよう。

毎日の役目とて、百姓衆に比べれば遊びの様なものだ、貰《もら》う禄《ろく》とて自分で勝ち得たものではない譲《ゆず》られたものだ…何も自分でなくても事は済む。

民《たみ》は異《ちが》う。自分達の身を自分で立てなくてはならない。敬次郎が居なければゆきの身は立たないし、ゆきが居なければ敬次郎の身も立たない。自分が何かの役に立つ。苦しいだろうが、生きている事を切実《せつじつ》に感じるだろう…それが生きるという事なのだと。

現実に節が現れる事はない。淋しい気もするが、節に別れを告げられる。敬次郎は遠くの山々を見た。あの向こうの何処《どこ》かで、これから生きて行かなくてはならないのだと思いながら…。

雪が降ったかと思う程の霜が田畑を覆《おお》った。午後になると北の空には黒い雲が広がり、冬の姿を現し始めた。

村人は刈《か》り取った稲の株を打ち切り、その後をまた耕《たがや》し、畝《うね》を立て裏作《うらさく》の麦を蒔《ま》いた。来春に芽が出て麦踏《むぎふみ》するまで田の仕事はない。女衆《おんなしゅう》は漬物《つけもの》や味噌《みそ》作りに精を出す。男衆《おとこしゅう》は薪割《まきわ》り・炭焼き・木挽《こびき》の手伝い、山に入れない者は蝋燭《ろうそく》作りや莚《むしろ》作りに精を出す。

年貢さえ終わっていれば、冬季の労働は自分達の副業として暮らしの足しになり、少しは欲しい物も買い楽しみも出来るのだが…今年も殆《ほとん》ど不足金に消える。

夏の仕事も辛いが、冬の仕事も辛い。手足が凍《こお》る。溜《た》まる一方の憤懣《ふんまん》を何処かに吐《は》き出したい…ただそれに依《よ》ってお返しが来るのは困る…その矛先《ほこさき》は弱い者や負《お》い目の有る者に向かう。藤吉は短気な性格から組内《くみうち》の者達にも横柄《おうへい》な態度を取る事も多かった。組頭《くみがしら》としての評判はあまり良くない。ただし言うことも言うが為《す》る事も先頭に立って為《し》ていた…何事も無ければそれで済んでいた。

馬鹿化《ばかげ》たと思う事でも弱点になる事もある。何処からともなく久実の噂話《うわさばなし》が流れ始めた。

=噂話は、憶測《おくそく》や時には意図的《いとてき》な思惑《おもわく》が付け加えられ、次第に大袈裟《おおげさ》になり信憑性《しんぴょうせい》も高まり、やがて真実に取って代わる=　そして何故《なぜ》かしら噂話というのは、当人達とは遠い所から広まって行き、当人達に届いた頃には否定《ひてい》し難い状況に成っていることが多い。

直接耳に入らなくても、村人の目付きや態度が怪《あや》しいのが解《わ》かる。藤吉は嫌な予感に益々《ますます》気を悪くし始めていた。もし藤吉の耳に入ったら、ゆきは殴《なぐ》り殺されるかも知れない。真逆《まさか》そこまでは為《し》ないだろうが、足腰が立たない程に叩かれて、着の身着のままに村から追い払《はら》われるだろう。そうなったらもう遅い。

その頃、源粋《げんすい》の許《もと》にやっと手紙が届いた。一日千秋《いちじつせんしゅう》の想いとはこの事かと思う程に待ち侘《わ》びた手紙だった。源粋は噂話が広まる前に秘密に且《か》つ穏便《おんびん》に解決したい。行動は早かった。久実の話を聞いた後の帰り道、化粧坂《けわいざか》を上りながら思い当たる節々を憶《おも》い返していた＝狐では無《の》うて、ゆきじゃったか＝と、納得しながら…だが…それでは不味《まず》い。

翌日早々に敬順を呼んだ。敬順はゆきを救いたいと言う…一方で、救う手立てが見つからないとも。詳しく経緯《いきさつ》を聞いた後、源粋は早雲《そううん》を使いに出し、寺の用事だとゆきの姉のなつを藤吉を通《とお》して呼び寄せた。藤吉に内緒《ないしょ》にすると勘繰《かんぐ》られて却《かえ》って不味い。

姉のなつも薄々は感づいていた。でも真逆《まさか》ここまで本気で慕《した》っていようとは…しかも敬順までもが…。ゆきの一方的な淡《あわ》い片思いだとばかり…。許される事ではない。ただの恋愛《コロビアイ》すら御法度《ごはっと》なのに、僧侶と娘の恋愛など猥《みだ》り極《きわ》まりなく、捕《と》らえられ罰《ばっ》せられて引き離される事は目に見えている。それだけでは済まない、藤吉の家も名主もそしてこの寺も重い仕置きを受ける事になる。

なつはゆきの頭をボカボカ叩《たた》いて責《せ》めた。

「何を考えとんなら、ゆきぃー～！　ごじゃ（無茶《むちゃ》）な事をーッ。少《ちい》たあ人様の迷惑《めいわく》を考えんかァ、この阿保《あほ》たれが～ッ…」

ゆきの遣《や》ったことは正気《しょうき》の沙汰《さた》ではない。直《す》ぐにどうする策《さく》も無い。今は只《ただ》、ゆきを責めて詫《わ》びるしかなかった。

源粋はなつを止《と》めた。これ以上責めても何の解決にもならない。寺に呼んだのは具体的な解決策を見出す為だ。源粋は切り出した。

「噂は広がっとる、もう取り返しは着かん。そこでじゃ…」

源粋の妙案《みょうあん》は、村人達が騒《さわ》ぎ出す前に、敬順とゆきを別々の所に送り出して事を治《おさ》めるというもの。と言っても噂を認める訳にはいかない。それなりの理由を付け、更に源粋は村の噂を逆手《さかて》に取る。

敬順の場合はこうだ。迷惑顔で笑い飛ばしながら。

「そろそろ敬順を高野山《こうやさん》の修行にと思っとったんじゃが、村の衆が怪《おか》しな噂をするもんじゃから、敬順に傷が付かん内に早目に修行に出さにゃーならん様になったがなぁ…困ったもんじゃ。ハハハッ」

修行に出れば…旅の途中で何が起こるやも知れぬし、そのまま高野山に留《とど》まる事になるやも知れぬ、何処かの寺に望まれて移るやも、はたまた僧侶《そうりょ》が嫌《いや》になり還俗《げんぞく》してしまうかも知れん…。後は、村人の知った事ではないし、この寺の知った事でもないで済む。

ゆきは、なつが隣国《りんごく》の美作《みまさか》に嫁《よめ》に出す。調べられない様に遠い所がいい…柿ヶ原《かきがはら》より更に北の角南《すなみ》に嫁《とつ》がせる事にした。なつもゆきも元は美作の国の者、遠縁《とおえん》の家だと言えば、一応《いちおう》の説明は付く。

「ゆきももう年頃じゃし、嫁に出さにゃーならん。悪い噂も出とるそうで…真逆《まさか》そげーな事は仕《し》とりゃーしませんが、何処《どこ》か軽率《けいそつ》なところも有ったんかも知れません…済まん事です。遠くへ嫁《とつ》がせますけー、もう皆様方にゃー御迷惑はお掛けすりゃーしませんで…。これ以上の噂が立って破談《はだん》にでもなったら却《かえ》って面倒な事に…どうかもうこれで治《おさ》めて遣《つか》ぁせえや」

と、説得する。

二人は引き離される、これで済ませる。表向《おもてむ》きどうあれ、追放だと村人は思う。ゆきの方は、万事なつが取り仕切った。表向きは藤吉の考えという事にしてある。

現実には藤吉に何の策《さく》も無かった。兎に角ゆきをこの村から追放せにゃーならんとの思いしかない。咎《とが》めを受ける事を恐《おそ》れ、面目《めんぼく》が潰《つぶ》れる事を怖《おそ》れていた。

なつの話に何も言わず頷《うなず》いた。自分も助かる。その上、ゆきもこれ以上不幸には成《な》らんで済む。藤吉とて何もゆきの不幸を望んでいる訳ではない、色々と在《あ》ったがこれで一つ片《かた》が着く。

藤吉は口下手《くちべた》だった。名主をはじめ村人達への説明もなつがした…藤吉の考えとして。村人も納《おさ》めた。この様な事が役人に知れたら不行《ふゆ》き届《とど》きで村全体がお叱《しか》りを受ける。鬱憤《うっぷん》晴《ば》らしは終わった、もう事を荒立ててはならない…誰もが口を噤《つぐ》んだ。

久実だけが一人悲しい思いをしていた。自業自得とはいえ、もう愛《いと》しい敬順を見ることが出来ない。しかも自分が追いやった…罪の意識も有る。『人を呪《のろ》わば穴《あな》二つ』後悔《こうかい》しながら、この意味の苦い味を噛《か》み締《し》めていた。


後は村を出る算段（計画）を立てねば。難しいのはゆきの方。本当に嫁ぐ訳ではない。村人の眼の届かぬ処で落ち合えるように仕組む必要がある。それには、姉のなつ以外にも協力者が要《い》る。

思案の中に或《あ》る男が浮かんだ。木挽《こびき》で猟師《りょうし》もしている『弥助《やすけ》』。弥助は、八塔寺《はっとうじ》で唯《ただ》一人の木挽でそれを生業《なりわい》としている。田は無い。家の周りに少々の畑を持っているが農民ではない。

木挽は、大工《だいく》が家を建てる時、その図面を見て山に入り必要な原木《げんぼく》を捜《さが》し切り出して、あらましの加工も済ませ図面の番号も記《か》いて置く。後は大工が細工《さいく》をして組み立てるだけ。木挽の方が大工よりも位《くらい》が上だ。弥助の、材木の目利《めき》きの良さは和気郡《わけぐん》内にも響いていて誰もが一目置《いちもく》いている。あの男なら口も堅《かた》く信用が出来る。それに農民との交わりも薄い。最も都合の良い事に仕事柄《がら》、和気郡内は言うに及ばず隣接する美作《みまさか》や播磨《はりま》の国の地形にも詳しい、それも間道や山道に。ゆきを無事に逃がしてくれるに違いない。この弥助も酒好きで、源粋の呑《の》み友達でもあった。頼めば無理も承知してくれるはず…。

源粋は用意周到《よういしゅうとう》だった。敬順には高野山修行として、郡奉行《こおりぶぎょう》に願い出て往来《おうらい》（通行）手形《てがた》を発行してもらった。これが有れば堂々と山陽道の街道でも通って行ける、後々何処の地に落ち着こうとも…また移ろうとも。

ゆきと弥助には手形が出ない。間道を通り山道を通るには不用だから、庄屋も役人も認めない。

百姓に手形が出されるのは伊勢参《いせまい》りの旅行の時だけだ。大庄屋に届け出て認められ、書面《しょめん》に捺印《なついん》したものを檀那寺《だんなでら》（自分が檀家《だんか》となっている寺）に提出して初めて手形が発行される。実際には許可はなかなか下《お》りない…痺《しび》れを切らして無許可のまま『抜《ぬ》け参《まい》り』をする。伊勢参りだと言えば、怪《あや》しい者でなければ見逃して貰《もら》える事も多かった。

大庄屋の許可が無くても往来手形を書けばいい…墨《すみ》も硯《すずり》も筆《ふで》も有る…源粋は二通の往来手形を発行した。これが有れば険しい山道や間道ばかりを行かずに済む。

源粋は敬順とゆきの二人に幸せになって欲しいと思う。それが叶《かな》わないならば、せめて身の立つようにだけはして遣《や》りたいと思う。稀有《けう》な二人だ。殆《ほとん》どの者が、自分の身分を天命と諦《あきら》め、不満を抱きながらもその埒《らち》を破《やぶ》ろうとはしない。ゆきと敬順は異《ちが》う。不運に抗《あらが》い、埒《らち》外《がい》に出ようとしている…全てを捨てて裸の身になって…。

源粋は自国隣国《じこくりんこく》の同宗派の寺に手紙を書いた。名だけは出さず、二人の有様《ありさま》を包み隠《かく》さず、その上で引き受け先を求めた。厳しく難しい事は解《わ》かっている…それでも尚且《なおなお》つ《つ》受けてくれるなら…それこそが真の救いの道だ…でなければ…。

引き受け先は、日生《ひなせ》の寒河《そうご》にあった。

日生では真言宗《しんごんしゅう》の寺が廃《た》えていた。以前、日生の東小路に福生寺《ふっしょうじ》という真言宗の寺が在り多くの信徒が居たが、真宗本願寺派《しんしゅうほんがんじ》（一向宗《いっこうしゅう》）の西念寺《さいねんじ》が出来てから信徒が宗旨《しゅうし》変《が》えし、寛文六年（一六六六）住職の死後に廃寺《はいじ》となった。福生寺は蕃山《しげやま》に在る正楽寺《しょうらくじ》の末寺《まつじ》だった。残った檀家は正楽寺請《う》けとなった。敬順とゆきを養子養女にと引き受けてくれたのも寒河に住む老夫婦の檀家だった。

老夫婦は子を亡《な》くしていた。年を取り、福浦《ふくら》坂の峠の茶屋《ちゃや》に通うのも辛くなっていた。自分達の行く末も含めて面倒を見て貰《もら》えるものならばと、夫婦者を捜《さが》していた。

源粋は敬順を何処かの商家の奉公にでもと考えていた…そしてゆきはそこの下働きに…行く行く夫婦になれば良いと。八塔寺や神根《こうね》あたりの村人の目に付かぬ所で…となると日生か？無ければ赤穂《あこう》にでもと、同じ宗派の寺に口を求めた。

正楽寺から報《しら》せが届いた。渡りに船…他国よりも藩内のほうが今後の連絡も取り易《やす》い。上手く行かなければ次を捜すしかないが…。上手く行けば、ゆきは養女として先に住み、敬順は髪が伸びるまで正楽寺で世話になる事に。果たして先方と折り合うかどうか？兎《と》に角《かく》、二人を引き合わせるしかない。

敬順は吉日の五日、高野山修行の旅支度《たびじたく》を調《ととの》え、早雲《そううん》さんと法円《ほうえん》さんの処に今までのお礼と旅立ちの挨拶《あいさつ》に行った。経緯《いきさつ》を知っている早雲さんは頷《うなず》き、敬次郎をじっと見つめて唯一《ただ》言の声を掛けてくれた。

「達者《たっしゃ》でな…」

高野山に行くものとばかり思っている法円さんは、先を越された口惜《くや》しさを隠《かく》そうともせず怒った顔で送ってくれた。

「行くんかァ…そうかァ。自分《うら》も直《す》ぐに行くけぇー、待っとれぇーッ」

最後に源粋和尚のところに行く。

「皆《みな》に挨拶は終わったか？」

敬次郎が「はい」と答えると、和尚は頷き懐《ふところ》から手紙を手渡し、重い響《ひび》きで諭《さと》すように言った。

「今日が始《はじ》まりじゃ…」

敬次郎は深く頭を下げた後、顔を上げ和尚をまっすぐに見上げ、重い響きで返した。

「行って参ります…」

山門を出ると木枯《こが》らしが僧衣《そうい》の裾《すそ》を吹き上げる。空はどんよりと曇り、冬の景色が覆《おお》っていた。行く道で出会う村人は黙って頭を下げ、敬次郎も無言でお辞儀《じぎ》を返す。八塔寺を下り滝谷《たきだに》から南下し東に折れて山伏峠《やまぶしだお》を越え播磨《はりま》の国に入る。皆坂《かいざか》・八保《やほ》から落地《おろち》に出ればそこは山陽道。高野山に向かうなら東に行く。敬次郎は笠《かさ》を冠《かむ》り西に向かった。船坂峠《ふなさかとうげ》を越え、再び備前《びぜん》の国の三石宿《みついしじゅく》に戻《もど》り八木山《やきやま》から南に折れ蕃山《しげやま》の正楽寺《しょうらくじ》に向かう。

今は一人旅、仕方のない事とはいえ寂《さび》しいし詰《つ》まらない。ゆきと二人連れならどうしているだろう？　船坂越えも、山陽道は行かずに山道を歩いているだろう。寒ければ肩を抱き、疲れていれば手を引き、或いは背負って坂を歩いているかも知れない…苦しいだろうが、楽しいし嬉《うれ》しいだろうと思う。

その頃、ゆきは嫁入りしたく仕度をしていた。ゆきは敬次郎を見送れない。ゆきの居る村は通らない。二人にとって乾坤一擲《けんこんいってき》の賭《か》けが始まっていた。上手《うま》く行けばいいが、その保証はない。人別帳《にんべつちょう》から外れたままの無宿人《むしゅくにん》となれば、百姓より酷い事になる。ゆきも内心《ないしん》恐ろしさに震えながら自分に言い聞かせた。

『私《うち》ゃー覚悟が出来とる。朽《く》ち果《は》てても私ゃー構わん…じゃけど…敬次郎様を道連れにする訳にゃー行かん。上手《じょうず》に行かなんだら…敬次郎様には高野山の修行に行って貰《もろ》うて、修行が終わったら…また八塔寺に戻って貰うたら良《え》え。私ゃーもう…良《え》ぇ……。この村から救い出して貰うだけで充分に幸せじゃ…』

嫁入り支度《じたく》といっても何もない。寝ていた小部屋を片付け、僅《わず》かな自分の使っていた小間《こま》物《もの》を木箱に納めるだけ。長持《ながもち》も無い、そんな荷は無い。布団すら後で、春になったら送るという事になっている。

身一つで先方の家に行き、気に入られたら良し、そうでなければ破談になり、庄屋か名主か商家の住み込み下女《げじょ》になる…或いはもっと酷《ひど》い事に…。何れにせよ、帰る道は無い。ゆきは櫛《くし》と錆《さ》びの付いた鏡と、狐《きつね》に化《ば》けた紅《べに》と白粉《おしろい》を数少ない着物の間に大切に包んで収めた……嫁入り仕度は終わった。

旅は苦難が付き物。山一つ越えるだけといっても何が起こるか判らない。道に迷ったり雨や雪に降られたり怪我《けが》をしたり狼《おおかみ》や猪《いのしし》に襲《おそ》われるかも知れない。無事を願って、行く日帰る日、方角にしても迷信的な謂《いわ》れが在った。この村では『往《ゆ》くな七日《なのか》、戻《もど》るな九日《ここのか》』と言う。ゆきの行く日は十日《とおか》と決められた。

八日《ようか》の日、名主の与平《よへい》が慌《あわ》てて藤吉の家にやって来た。役人が調べに来ると言う。敬順とゆきの噂話は村内《むらうち》だけでは治《おさ》まらなかった。諺《ことわざ》に『悪事《あくじ》千里を行く』と言うが、噂話も遠くまで流れる、しかも瞬《また》く間に。

水不足や蝗《いなむし》の被害は、下流の村々も受けている。不作の苦しみは同じだ……捨て場の無い憤《いきどお》りが溜《た》まっていた。他村《たそん》の出来事だ、自分の村に咎《とが》めは無い……誰にでも気軽に話す、世間の口に戸は立てられぬもの。

郡《こおり》役人の耳に届いた。恋愛《コロビアイ》しかも相手は僧侶……不埒千万《ふらちせんばん》。追放などでは済まない、投獄沙汰《とうごくざた》だった。明日の九日にでも遣《や》って来ると言う。捕まれば、申し開きをするにせよ和気《わけ》の役所に引いていかれ牢《ろう》にぶち込まれるのは免《まぬが》れない。吉日などとは言ってられない、明日の夜明けと共に村を出て国境《くにざかい》を越えなくては。幸い他国と接しているこの地は一時《いっとき》（二時間）も歩けば山道でも国境を越えられるが…弥助《やすけ》は仕事で山に出掛けている、戻って来るのは明日の夕方。ゆき一人では山は越せない、何処かに身を隠して置かないと。

山を登り、行者堂《ぎょうじゃどう》に籠《こも》った。藁莚《わらむしろ》を身に巻いて寒さを凌ぐ。役人が帰れば報せが来る。それまでの餓慢。ゆきは雨乞《あまご》いの千だん焚《だ》きを憶《おも》い出し敬次郎を慕《おも》った。胸が熱くなる、それが全身に伝わって寒さを忘れた…。獣の足音や鳴き声が聞こえる、眼を閉じ耳を塞《ふさ》いで夜を凌《しの》いだ。

十日の朝、村では一騒動《ひとそうどう》起こっていた。役人が噂話を調べに村に入った。村では若者達が村芝居《むらしばい》を張った。御法度《ごはっと》の行為だ。罰《ばつ》は覚悟の、侍《さむらい》への当て付けと鬱憤《うっぷん》晴《ば》らしだった。見つかればお叱《しか》りの上「片鬢剃《かたびんぞ》り」という頭髪の半分を剃り落とされ見せしめにされる刑《けい》を喰《く》らう。それ位なら構うものかと居直《いなお》った。

筋書《すじが》きは、侍が難癖《なんくせ》をつけ商人から金を巻き上げるというもの。侍は贅沢《ぜいたく》に耽《ふけ》る藩主治政《はるまさ》であり、商人は村の百姓の替《か》わり身《み》だ。幾《いく》ら何でも役人の目の前では筋書き通りに演じるわけには行かない、片鬢剃りでは済まなくなる。見張りを立て役人が来たらその場は穏《おだ》やかなものに変えるという算段。芝居だけは決して止《や》めない。若者達は芝居に夢中になった。見張りの者もつい舞台に目を奪《うば》われていた。不味《まず》いことに一番皮肉な場面を役人に見られた…。

「何を仕《し》ょーるかッ、お前等《まえら》はーッ」

怒号一発《どごういっぱつ》。若者達は蒼褪《あおざ》め引《ひ》き攣《つ》った…時は既《すで》に遅《おそ》かった…。

「逃げるなァーッ。逃げたら村人全員厳罰《げんばつ》じゃーッ」

舞台に立っていた者は全て捕まった。幕尻《まくじり》に控《ひか》えていた一人が怖《こわ》くなって反射的に逃げ出した。役人が追う。捕らえるのに時間が掛かった。若者は大師堂《だいしどう》に隠《かく》れていた。

やっと、敬順とゆきの噂話の取調べが始まった。捕らえられた若者をはじめ名主以下の村人そして源粋と寺の者も全て名主の家に集められた。

名主と源粋が筋書き通りの説明をする。家捜《やさが》しの終わった役人が戻って来た。二人は見つからない。噂の出所《でどころ》を問い詰める。名主の娘、久実《くみ》の思い違いが発端《ほったん》と…。それに相違《そうい》ないかと念を押された一人が……。

「相違ございません…。只《ただ》そりょー少《ち》ぃと面白怪《おもしろおか》しゅーに…」

この要《い》らぬ一言《ひとこと》が、村芝居の件で向かっ腹を立てていた上《うわ》役人の怒りの火に油を注《そそ》いだ。

「何んじゃーアーッ？　面白怪《おもしろおか》しゅーじゃとォー〜ッ……オドリャーー〜〜ッ」

上役人は腰の刀を引き抜き、この百姓の頭上に振り上げた。下役人が慌《あわ》てて止めに入った。

名主以下村人も必死に詫《わ》びを入れる。羽交《はが》い絞《じ》めにされた上役人は刀を振り上げたまま顔を真っ赤にし、わなわなと身を震わせている。羽交い絞めを振り解《ほど》くと、喚《わめ》き声を上げ、傍《そば》にあった柿の木を滅多矢鱈《めったやたら》に切りつけた。

詳しい取調べは後日、名主と藤吉それに源粋が和気の役所に出向くことになった。

自業自得とはいえ一番辛《つら》く惨《むご》い目に遭《あ》ったのは村芝居を演じた若衆達だった。普通なら叱りの上、村人達の前で髪を剃られて済む。役人達が帰ってしまえば英雄気取りが出来たものを…。縛られて引き立てられ、後ろから頭を叩《たた》かれ背中を突《つ》かれ、尻を蹴《け》られて転がされた。

…遠ざかってゆく役人達の声が聞こえる…。「さっさと歩けぇーッ。このアホタレがァーッ」

この若衆達は髪を剃られた上、来春の田起こしが始まるまで入牢《じゅろう》を申し付けられた。

ゆきに報せが届いたのは午後だった。家に戻ると和尚と弥助も居た。早速に山越えの仕度をする。ゆきの荷物は木箱が一つだ、それを背中に負った。弥助は仕度が調っていた。直ぐに家を出る。

姉のなつは涙ぐんでいる。家の者と和尚にだけ見送られて、二度と戻らぬであろう家の戸口を出た。

義兄《あに》の藤吉が立っていた。藤吉は布の包みをゆきに手渡し、怒った口調で「達者で暮らせやー」とだけ言って背を向けた。

藤吉の背中が震えている。藤吉も涙を流していた。口調は自分の複雑な立場を現し、言葉は本心を現していた。

布の中身はゆきから貰った金だった。それに少しばかりの自分の金を加えた。もっと渡してやりたいが年貢の残りの支払いがある…。ゆきが憎いわけではなかった。豊作でなくてもせめて並作《なみさく》が続いてくれたら、こんな事にはならなかったと…。ついついゆきに当たってしまった。それが、別れだとなると自分の至《いた》らなさばかりが悔《く》やまれる…自分に腹が立った、情けなくて。余裕が出来たら後から送ってやろう。それがせめての罪滅《つみほろ》ぼし。

もっと良い義兄で在りたかったのに…。胸が詰まってきた。泣き声が洩《も》れそうだ。必死に歯を食い縛った…それでも口の端から…ククックッと洩れだす。藤吉は裏に駆け出した。

ゆきと弥助は八塔寺の前を通って山道を北に向かい、美作《みまさか》の国の柿ヶ原《かきがはら》を抜け角南《すなみ》に行く事になっている。和尚も寺に帰る。三人連れ立って藤吉の家を出た。寺に着くと弥助は飼っている犬を和尚に預けた。道中、犬を連れている方が助かることも多いが、獲物《えもの》の匂《にお》いを嗅《か》ぐと追い駆け吠《ほ》えるのは猟犬の習性。行く先の異《こと》なる方向の山で吠えられると都合が悪い。獣避《けものよ》けに弥助は短筒《たんづつ》を腰に差した。空砲を放っても充分な威嚇《いかく》になる。

　和尚と別れると直ぐに、どんよりと曇っていた空から雪が落ち始めた。雲はお日様を覆《おお》い、山道は薄暗くなり雪は風に追われ渦巻いて二人に吹いた。吹雪《ふぶき》がゆきと弥助を呑《の》む。雪は手足を凍《こお》らせ体の熱を奪う。猟もする弥助は余程でない限り冬の山にも耐えられるが、ゆきには酷《こく》だ。身を寄せる小屋も無い。人家の在る所までは行き着かなければ…。視界も利かない、このまま本降《ほんぶ》りになったら…。

　その心配は当たった…雪は見る見るうちに木々の枝に降り積もり、重さに耐えかねた枝は雪の塊《かたまり》を容赦《ようしゃ》なく、ゆきと弥助の頭上に投げ落としてくる。木々の隙間《すきま》を通り抜けた雪は足《あし》許《もと》の羊歯《しだ》や灌木《かんぼく》を白く覆《おお》い、ゆきの身に纏《まと》わり落ちて藁沓《わらぐつ》を湿《しめ》らせ足を凍《こお》らせる。

　足の冷たさは、膝《ひざ》から腰そして背中へと伝わって体を震《ふる》わせる。背中の藁蓑《わらみの》は溜《た》まった雪が解けて次第に重くなって来る。冷えは足許と背中の両方から攻めて二人を襲《おそ》う。

　山はすっかり雪化粧に覆《おお》われた。雪は色を奪い。白黒《モノクローム》映像に染め上げる。午後の風景は夜景の様に暗く心細いものになった。

　弥助は背中の木箱から猪《いのしし》の毛皮を取り出した。蓑《みの》を脱ぎ毛皮で身を包む。毛皮は雪や水を撥《はじ》くが藁蓑程《わらみの》にしっかりと身を包んではくれない。脇《わき》の周りから隙間風《すきまかぜ》が入り込む。窮屈《きゅうくつ》だが脇を締めて歩く。

もう手も足も指の感覚は無い。体ごと前に倒して進んでいる。弥助さんが時々振り返り声を掛けてくれる。

「ゆきぃ、寒かろうが頑張れやー。山を越えにゃー、どねぇにもならん…もうちょっとじゃー」

弥助さんは、羊歯《しだ》を踏み分け木の小枝を薙《な》ぎ倒して、ゆきが通り易くしてくれている。急な坂道では手も引いてくれる。励まされ助けられて、ゆきは弥助の後を遅れまいと歩く。

白い雪の中を二人は進んだ。

美作への峠を越える頃、少し明るくなって雪も小降《こぶ》りになり、またお日様が顔を出した。

「本降りになるかと思うたが、ゆきぃ、天の神様も待って下さるんじゃろうで。有り難いこっちゃなァ」

二人はほっと胸を撫《な》で下ろす。二人は峠に立っていた。道の脇にお地蔵様が祀《まつ》ってあった。お地蔵様は旅の守り神としても信仰されている、お礼とこの先の安全を祈願《きがん》した。峠からは国境の稜線《りょうせん》を東に男滝山《おたきさん》から播磨《はりま》の国の大日山《おおびやま》へ、そこから南に返して西新宿《にししんじゅく》に入る。今夜はそこで宿を取る。そこは他国であっても猟師仲間の家が在る。獣《けもの》には国境は無い。猟師は獣を追って他国に入る事も珍しくなかった。獲った肉はお互いに分け合う。自然と仲間意識が生まれていた。

山を少し下ると間道に出た、山道よりずっと楽になる。日が暮れかかっている、二人は急いだ。暮れると冷え込みが一段と厳しくなる。塞《さい》の神様の祠《ほこら》を見つけた。塞の神様は村や旅人を守る神様で、村境《むらざかい》に祀《まつ》られている。村に入ったという事だ、家はもう近い。二人の足は小走りになった…里山の裾《すそ》を周《まわ》ると家の灯《あ》かりが眼に映《うつ》った。

「今晩は…佐七《さしち》っぁん。儂《わし》じゃ、八塔寺の弥助じゃァ。済まんのう、遅うなってしもうたんじゃー」

弥助が戸を叩くと待っていた様に戸が開き、弥助と同じ年格好《としかっこう》の夫婦が出迎えてくれて囲《い》炉裏端《ろりばた》に通された。藁沓《わらぐつ》を脱ぎ猪皮《ししかわ》を解《ほど》いて莚《むしろ》の上に腰を落とした。暖かい…外の身を切るような寒さが無い。それだけでも有り難い。

「寒かったじゃろう、早う火に当たられぇー」

心配そうに声を掛けてくれる。遠慮なくゆきは囲炉裏の火に手を伸ばした。暖かいのだろうが凍った手は未《ま》だ何も感じない、顔が熱さを感じ始めた頃、凍っていた血が流れ始めた。

指先が痛み出す。激しい痛みが治まると、ジンジンと痺《しび》れた様なむず痒《がゆ》さに襲われる。

囲炉裏には鉄鍋《てつなべ》が吊るされていた。佐七の家内の『たま』が鍋の蓋《ふた》を取った。湯気に乗って猪鍋《ししなべ》の匂いが一気に流れ寄せて来る。雪と寒さばかりに気をとられて、空腹をすっかり忘れていた。そう言えば家を出る時に食べたきり、道中は何も食べていない。弥助さんも同じだ。

溢《あふ》れそうな程に茶碗《ちゃわん》に盛ってくれている。ゆきは両手で拝む様に受け取った。茶碗の温もりで指の痺《しび》れがみるみる消えてゆく。動く…箸《はし》が使える…。

弥助さんは佐七さんと隣り合って濁《にご》り酒を傾け、猟師仲間の誼《よしみ》を通わせている。猪肉《ししにく》の味を吸って臭みを消した味噌が大根に染《し》みて苦味を消し、猪の脂の甘さに包まれている。肉などめったに食べられないゆきにとっては思わぬ願ってもない贅沢《ぜいたく》な馳走《ごちそう》だった。躰《からだ》の内と外から温まり、ゆきは囲炉裏端に横になって眠る…。

翌朝になると外には雪がしっかりと積もっていた。夜の間に降ったらしい。深い雪ではないが坂は滑って歩きにくい。杖を借りて家を出る。

佐七夫婦が「気ぃ付けてぇー」と、見送ってくれた。ゆきと弥助は丁寧にお礼を言い、深々と頭を下げて世話になった感謝の意を示した。

西新宿《にししんじゅく》から上郡《かみごおり》の旭日《あさひ》まで、また山の中を行く。積もった雪の枝が身に絡《から》まり足は滑る。ゆきは何度も雪の灌木《かんぼく》に倒れ込んだ。山に慣れている弥助ですらその歩みは遅い。倍以上の時間が経《かか》ってやっと皆坂《かいさか》に出た。もう此処から先は細いながらも道が在る、山は抜けた。

二人は枯葉と枯木を集め、弥助が腰に吊るした火縄《ひなわ》を吹いて火を着けた。藁沓《わらぐつ》・蓑《みの》・猪皮《ししかわ》を乾かし、身も暖める。弥助は佐七夫婦から貰《もら》った串団子《くしだんご》を火の周りに並べて炙《あぶ》り、竹筒のお茶も温めた。

「よう着いて来たのう。もう山ぁ抜けたで半分は来たようなもんじゃ」

弥助は微笑みを浮かべた。朴訥《ぼくとつ》な男の微笑みは敬次郎のものとは異なる安心感を与えてくれれる。ゆきもホッと一息吐いた。

お茶と団子を腹に納めると再び身繕《みづくろ》いをし、火の始末もして間道を下った。誰も歩いていない新雪は踏むとキュッキュッと音を立てて固まり、気を抜かなければそうそう滑ることもない。二人は倉尾《くらお》を通り岩木《いわき》に下りた。ここまで来るともう雪は薄化粧になっていた。大持《だいもち》を過ぎて西に折れ山陽道の落地《おろち》に出た。此処は敬次郎が山伏峠《やまぶしだお》を越えて来た場所だ。これから先は敬次郎が先に歩いた道を辿《たど》ることになる。

弥助は背負ってきた木箱を降ろし中から伊勢参りと書いた旗と半纏《はんてん》そして往来手形を取り出し、代わりに猪皮を木箱に納めた。伊勢参りの仕度は姉のなつと和尚が用意してくれたものだ。ここからは伊勢参りの旅を装《よそお》う。三石宿《みついしじゅく》から八木山《やきやま》までは帰りの振りをし、蕃山《しげやま》に入れば往きの振りをする。

弥助は敬次郎が逗留《とうりゅう》している寺の離れに案内され、ゆきは寺の近くの民家に案内された。敬次郎は弥助から、ここまでの道中の話を聞き、深々と頭を下げお礼を返した。

民家に泊まったゆきは、温かな風呂に浸《つ》かり夕餉《ゆうげ》には雑炊《ぞうすい》がだされた。雑炊とはいえ米雑炊だ…しかも屑米《くずまい》ではない…ゆきにとっては三年ぶりの銀舎利《ぎんしゃり》だ。これも正楽寺からの特別の計らいだった。

翌朝、敬次郎は一足先に寺を出た。弥助とゆきは少し遅れて後を追う。佐那高下《さなこうげ》から寒河《そうご》峠を下り日生《ひなせ》に出る。後は東に折れて寒河に向かう。

正楽寺の和尚が報せてくれた老夫婦は福浦《ふくら》の峠で茶屋を営んでいる。一人の子が有ったが、これからという十五歳で亡くなった。それからは二人きりで茶屋を守ってきた。近頃、夫の『加平』は膝を悪くし時々立てなくなる事も有る。妻の『まつ』一人では茶屋の世話も苦しい。年とともに行く末が案じられる…養子養女の夫婦者を迎えて後《のち》の面倒を頼みたいと捜していた。

老夫婦の寒河の家を訪ねて会う事になった。お互いが会って納得できればそれで決まる。互いの事情は寺からの説明で既に承知の上。弥助は土間《どま》の框《かまち》に腰掛け。敬次郎とゆき、老夫婦は並んで向かい合った。

互いに礼をした後、無言で見つめ合った。互いを見つめ合うだけの緊迫《きんぱく》した静かな時間が過ぎた。その眼には邪心《じゃしん》が無く、ただ互いの覚悟だけが有った。老夫婦は顔を向け合って徐《ゆ》っくりと小さく頷《うなず》き合う。夫の加平が静かに言った。

「私等《うらら》でも、だんない（かまわない＝良《よ》い）かいなぁー？」

今度は敬次郎とゆきが見つめ合った。ゆきはしっかりと頷く。敬次郎が返事を返す。

「宜しくお願い致します」

これで決まった。ゆきはこのままこの家に住む。敬次郎は髪が伸びるまで正楽寺で世話になる。

# 9

# 大喰《おおぐ》らいの法円

敬次郎から暮らし向きの目途《めど》が立ったとの手紙を受け取った源粋は、その事を早雲には詳しく、法円には要点だけを掻《か》い摘《つま》んで話した。ゆきの姉のなつには、ただ落ち着いたとだけ伝えた。要《い》らぬ心配や気遣《きづか》いをさせてはならないし、他に洩《も》れても不味《まず》い。知らなければ洩らしようも無かろう。

その夜、源粋は長い長い手紙を書いた。敬次郎の叔父《おじ》の浅右衛門《あそうえもん》にだけは知らせなくてはならない。直接、敬次郎の実家に知らせては間違いなく面倒《めんどう》になる。敬次郎をこの寺に連れてきた時の態度や物の言い様から見て、あの人ならば先方の事情を考慮《こうりょ》した上で、折《おり》を見て上手《うま》く取《と》り計《はか》らってくれよう。

浅右衛門は風邪を引いて臥《ふ》せっていた。八塔寺からの手紙だという。敬次郎の剃髪《ていはつ》が済んだとの知らせ以来だ。何事か？　厚い手紙だ…尋常《じんじょう》ではない。胸騒《むなさわ》ぎを抑《おさ》えながら封を開いた。還俗《げんぞく》に至った経緯《けいい》、僧として預かりながら完《まっと》うさせられなかった事への丁重《ていちょう》な詫《わ》びが綴《つづ》られている。終わりに二人の暮らしに御仏《みほとけ》のご加護《かご》が授《さず》かるように祈っていると…。

浅右衛門にとっては嬉《うれ》しい報せだった。あのまま敬次郎を僧侶にして置くのは何とも不憫《ふびん》だった。藩への帰参《きさん》を願っていたが、その気配も無い。どころか多くの者は早く忘れようとしている。忘れ切れないのは母の『幸絵《さちえ》』と、あの…『節《せつ》』という娘…。その娘も先日、そっと挨拶《あいさつ》に来た…武家に嫁《とつ》ぐと、眼に涙を浮かべ…。

浅右衛門は妻を呼び、酒の仕度を頼んだ。久し振りに旨《うま》い酒になった。杯《さかずき》を重ねる毎に風邪など何処かに飛んで行ってしまった。

浅右衛門は源粋に返事を書き送った。

…万事《ばんじ》、忝《かたじけな》く候《そうろう》（有難うございます）…と。

節の事は書かずに置いた。侍だった頃の夢と憶《おも》い出《で》は、そっとそのまま残して置いて遣る方が良いとの思いからだった。


法円は、敬順が寺に来た時の事を良く覚えている。整った綺麗《きれい》な身形《みなり》で二本差しの刀を腰に帯び、立《た》ち居《い》振《ふ》る舞《ま》いも凜《りん》として気品が有った。武士という者を目前に見るのは初めてだった。これが侍という者か？　確かに偉《えら》そうじゃ。じゃが本真《ほんま》に偉《え》ぇんか？　偉ぇんなら、何で私《うら》ぁ捨てられたんなら？　何でお父《とう》やお母《かあ》が捨てにゃーならんのんなら？　何で止めてくれなんだんなら？　何でそねーな目に遭わすんなら？　そねーに私《うら》が悪《わり》いんかーッ？

＝確かに私ぁ大喰《おおぐ》らいじゃ。同《おな》い年の者からすりゃー体も大きゅうて喰うもんも喰う。しゃーけどその分、働きの役にも立った筈じゃ。せえが…何で…＝

法円親子が常時《いつも》食べていた糧飯《かてめし》はヤス麦という裸麦《はだかむぎ》を唐臼《からうす》で搗《つ》きそれに畑の作物を入れた芋飯《いもめし》・菜飯《なめし》・大根飯《だいこんめし》と香々《こうこ》（沢庵《たくわん》）か山菜や野菜の漬物《つけもの》だけだ。

小作人だった法円の家には無論《むろん》お八《や》つなど無い。山菜か木の実だ。春は酸《す》っぱいダイシンゴ（イタドリ）に味噌をつけて食べる。苦い蕗《ふき》も火で炙《あぶ》って食べる。

初夏にはグイビ（グミ）や梅桃《ゆすら》が有るが、真夏になると辛い、野草も山菜も大きく硬くなってもう食べられない。川魚が漁《と》れれば良いが幼い法円には手に負えない、小川で小魚を追うのがやっとだ。…畑の胡瓜《きゅうり》や茄子《なすび》を盗み食いする。

秋が一番良かった。栗・柿・木通《あけび》…実りが多い。それでも美味しいところはなかなか口に入らない、人の取り残しか屑物《くずもの》ばかり。柿も甘柿《あまがき》ではない、渋柿《しぶがき》の地に落ちた熟柿《じゅくし》を拾う。落ちて間もない物なら良いが、時の経《た》った物は腹下《はらくだ》しをする…それでも饑《ひも》じさには勝てず迷いながらも口に入れる…。

一番多く食べたのが団栗《どんぐり》だった。櫟《くぬぎ》の実が球《まる》くて一番大きい。これを拾って置いて、春まで食べる。普通なら人は食べない。これを食べるのは鹿や熊や猪などの獣。竈《かまど》の火で焼き、弾《はじ》けたものを石で砕《くだ》く、硬くて渋《しぶ》くて苦い。それでも口と腹を慰《なぐさ》められる。

＝目の前の若侍にゃー、そげぇな苦労の欠片《かけら》も見えん。何《なん》が有ったんか知らんが侍が坊主になると言うんなら余《よ》っ程《ぼど》の事らしい。じゃが、せーでも恵まれ過ぎとらぁー。私《わしゃ》ぁ腹が立つ…お前《め》ぇやこーとは仲良うもせんし、助けちゃりもせん。せーどころか何かに付けて懲《こ》らしめちゃる…。負けりゃーせんぞ〜…＝

この日から法円は人が変わった。燻《くすぶ》っていた気持ちに火が着いた。負けまいと修行に身を入れだした。

法円は明王院《みょうおういん》に向かう。朝に戸を開け、夕に閉じる。敬順が居なくなってから気の張りを失った。十界《じっかい》修行も一人では苦しさと詰まらなさに負けて途中で投げ出す。元の『腑《ふ》抜《ぬ》けの法円』に戻ってしまった。

今朝も戸を開けた。雲ひとつ無い青空で気持ちがいい。本堂の前の障子を開けると清清《すがすが》しい涼気《りょうき》が流れ込んで、本堂に籠《こ》もっていた重い香混《こうま》じりの空気を送り出して行く。法円は薬師如来《やくしにょらい》の前にぼんやりと腰を落とした。また源粋和尚と早雲さんとの三人になった。思うとは無く、何時しか法円はこの寺に来た頃を憶い出していた。境内《けいだい》を走り、山門を駆け抜け、参道を走り、畦道《あぜみち》を駆け回り、また寺に戻って境内を走った。

「おかぁがおらーぁん！　おとうもおらーぁん！　ウワ〜〜〜ッ」　大声で泣き喚《わめ》きながら…。

走り疲れて動けなくなり、山門の前の階段に座り込み、ただ泣き《な》き噦《じゃく》った。泣くしかない。捨てられたのだと覚《さと》った。だが認める訳にはいかない。それは死を意味する。五つ子に一人で生きる術《すべ》はない。

=何かの間違いじゃ。何か何処かに用事があって行っとるだけじゃ…私が居《お》らんのに気が付《ち》いたら絶対に戻って来てくれる筈《はず》じゃ…=

泣くのは自分の居場所を知らせる為。泣き続けなければ捜《さが》して貰《もら》えない。泣き疲れ、流す涙も尽《つ》きそうになった時、そっと後ろから抱きかかえられた。おとうじゃ!……なかった…坊様じゃった。

それを期に一層《いっそう》熱い涙が沸《わ》き立つ様に流れ出した。止めどなく尽きる事がないかと思う程に…。親ではないが、兎《と》に角《かく》、気付いてくれた、人が来てくれた…泣き続ける事で。

この次は親達が…。望みを託《たく》して、再び大声を上げて泣き出した。

疲れ果て呆《ほう》けた頃には、もう日が暮れかかっていた。虚《うつ》ろな眼を閉じ、深く長い息を吐《は》くと、法円は心を閉ざした。

法円は十日間、源粋和尚の側に置かれた。食事の時もお勤《つと》めの時も寝る時も。法円にとって今まで一番安らかな時間だった、まるで仏様に抱《いだ》かれている様な。

「明日《あした》から、お前は坊主になるんじゃ」

源粋から告げられた翌朝、小僧《こぞう》の衣《ころも》が渡され、法名《ほうみょう》を『法円《ほうえん》』と名付けられた。

その日の夕方、兄僧の早雲の下で夕餉《ゆうげ》の支度を手伝った。法円は竈焚《かまどた》き。炎の中に、自分が捨てられた時に着《き》ていた端《は》切《ぎ》れ綴《つづ》りの単衣《ひとえ》の着物を丸めて投げ込んだ。薄煙《うすけむり》を上げると瞬《また》く間に炎となって燃え上がった。

咄嗟《とっさ》に法円は竈《かまど》の中に手を突っ込んだ。炎は容赦《ようしゃ》なく小さな手に襲い掛かる。悲鳴を上げて焼けた手を引き抜き、水甕《みずかめ》の中に深く突き差した。冷ややかな水が手の熱さと疼《うず》きを溶《と》かし去る。

「何を仕《し》ょんならッ」早雲の叱責《しっせき》を他所《よそ》に、法円は竈に眼を戻《もど》した。丸めた着物は黒焦《くろこ》げとなり弱弱しい炎を上げていた。急いで竈の前に駆《か》け戻った。小さな炎が上がる度《たび》、着物の焦げは小さくなり灰になって行く。

ふわっと炎が上がった…最期の別れを告げる大きな炎だった。それ切り、黒焦げは消えて全て灰になった。

眼から止めどなく涙が流れ出す。何故、涙が出るのか？　法円自身にも解からない。自分を捨てた親の事など、とっくに怨《うら》みの淵《ふち》に沈《しず》めた筈《はず》だった。思い出すと辛《つら》くなる。辛さは怒りと恋しさが混沌《こんとん》となって起こる。ただ苦しいだけで救いは無い。法円は人の子を捨てた。そして仏様の子になろうとした。

「私《わし》ゃー、仏さんの子じゃー」　そう決めた。

僧衣《そうい》に着替えた時、人の子との縁を切ろうと丸めて竈《かまど》の脇に投げ捨てた。未練は断ち切った筈だった。

両手の火傷《やけど》が法円を襲う。甕《かめ》に浸《ひた》した手の水は乾き、心臓の鼓動《こどう》の度に火熱《ほて》りと引《ひ》き攣《つ》る痛みが、流れる涙を止《と》める。

「世話《せわ》ー無《ね》ぇんかー？　見《み》してみぃー」

早雲が見ると両手の皮は赤く焼け爛《ただ》れている。世話は有った。急ぎ部屋に連れて行き手当てをする。何時もなら正直に答える法円が、その理由《わけ》を何度訊《き》いても答えない。早雲も呆《あき》れる程に頑固《がんこ》だった。早雲の方が諦《あきら》めた。

それ以来、法円は泣かなくなった。自分は仏様の子だと頑《かたく》なに信じ込んだ。両手には白と褐色《かっしょく》の痣《あざ》が残った。人の子の証《あかし》が……。

この痣が気にならなくなった時、本当の仏様の子に成《な》れる気がする。

小僧となり修行が始まった。文字を知らない法円は、いろはから覚えなくてはならない。

近くの百姓の寺子達と一緒に習う。性に合わないのか、覚えが悪いし字も下手《へた》ときた。一緒に習い始めても直ぐに遅れをとる。恥《は》ずかしいから、席は一番後ろの隅《すみ》っこに一人離れて座っている。早雲に何度叱《しか》られてもまた直ぐそこに戻《もど》る。

飢《う》える心配が無いだけでも充分に修行に励《はげ》む理由になるはずだが…僧侶になって何とする…その先が…。

子守に連れてこられた幼児《おさなご》にまで馬鹿にされるに至《いた》って、やっと平仮名《ひらがな》と片仮名《かたかな》のいろは・・・を覚えた。かな文字は全ての文字の基礎であり、これさえ覚えれば最低でも拙《つたな》い手紙が書ける。漢字を覚えるのは更に難しい。カナを振って一文字ずつ覚えてゆくしかない。漢字が読めないから経《きょう》の覚えも悪いし、掃除《そうじ》ですら怠《なま》ける。修行に身を入れない法円を見て、源粋は『腑抜《ふぬ》けの法円』と嘆《なげ》く。

寺には近くの子供達が読み書きを習いに来る。和尚は寺子屋《てらこや》を・・・こっそりと開いていた。こっそりと言うのは、この寺での手習いは表向き禁じられているからだ。寺社奉行に知られれば咎《とが》めを受け、下手をすれば寺を追放されるかも知れない。

初代藩主光政《みつまさ》は領民の年貢《ねんぐ》も減らし、飢饉《ききん》の時には「御救米《おすくいまい》」も放出し仁政《じんせい》を行ったと言われるが、それは百姓が疲弊《ひへい》すれば生産能力が落ち、その結果藩の収益が落ちる事を理解していたからに過ぎない。基本的な考え方は徳川幕府が発した「慶安《けいあん》のお触書《ふれがき》」の一節にある「百姓は分別《ふんべつ》も無く、末《すえ》の考えも無き者にて候《そうら》えば…」と愚民《ぐみん》思想の通り。

その上、光政は思想統制《しそうとうせい》も敷《し》いた。藩内に設《もう》けた郡中手習所《ぐんちゅうてならいじょ》は、その手段として使われた。併《あわ》せて行われていた寺院神社淘汰《じいんじんじゃとうた》によって百姓達の人生観の基礎となっていた神仏崇拝《しんぶつすうはい》から、治政《ちせい》に最も都合の良い儒教《じゅきょう》に置き換えようと計《はか》った。儒教の根本思想は『乱すな＝従属《じゅうぞく》』だ。

寺や神社が行っていた寺子屋教育は郡中手習所に奪《うば》われた。今は無いが、この八塔寺の下《しも》畑《ばた》村にも作られていた。この手習所は不備《ふび》で、四書《ししょ》（大学《だいがく》・中庸《ちゅうよう》・論語《ろんご》・孟子《もうし》）五経《ごきょう》（易経《えききょう》・詩経《しきょう》・書経《しょきょう》・春秋《しゅんじゅう》・礼記《らいき》）の内、特に中心となる論語に於いても、その文字読《もじどく》・講釈《こうしゃく》の師《し》すら不足し運営も儘《まま》ならず、また百姓達にとっても為政者《いせいしゃ》の身勝手な思想など必要ともせず、結局数年で殆《ほとん》どが廃絶《はいぜつ》となった。

『論語読みの論語知らず』という諺《ことわざ》がある。論語が読めてもその実行が難しい事として使われているが、読んでその意味を正しく理解する事すら容易《ようい》ではなく『論語読みの論語知らずは羨《うらや》ましい、論語読めずの論語知らずは』という戯作《パロディ》な諺もあるくらいだ。

一見《いっけん》、失策《しっさく》のように思えるが、これは光政の大勝利だった。理想を言えば思想改革だが、神仏崇拝を遠避《とおざ》けただけでも充分。後は法度《はっと》で縛《しば》れば済む。光政は先んじて『傾城《けいせい》・歌舞音曲法度《かぶおんきょくはっと》』の始まりを発《はっ》し、遊郭《ゆうかく》を禁止し歌舞伎《かぶき》・芝居《しばい》の興業も禁じ、領民の息抜き娯楽すら取り上げ、人《ひと》ではなく只《ただ》の就労《しゅうろう》の徒《と》となしていた。この締め付けは代々厳しくなり、今では盆踊《ぼんおど》りも規制され寺社縁日《じしゃえんにち》の踊りさえ禁じられてしまった。残されたのは『伊勢太神楽《いせだいかぐら》』の村廻《むらめぐ》りだけになった。

読書・算用《さんよう》は、通達を伝え年貢計算の必要な大庄屋や名主だけで良《よ》い、それ以下の百姓達は何も知らぬ方が都合が良《い》いと。

だが八塔寺には代々、為政者の言い成りにならない反骨心《はんこつしん》や誇《ほこ》りが受け継がれていた。寺には光政から賜《たまわ》ったという梵鐘《ぼんしょう》がある。光政を大壇家《おおだんか》として迎《むか》えた、治国安泰《ちこくあんたい》の発願《ほつがん》の礼《れい》だとされている。遜《へりくだ》って見えるが、後年《こうねん》の盾《たて》とする狙《ねら》いだった。災いが生じた時、この威光《いこう》を利用して逃《のが》れようと…。威圧《いあつ》に対してはそれを逆手《さかて》に取る知略《ちりゃく》を用いて戦う。

後に、書類の提出を遅らせたり御本尊《ごほんぞん》一体の修復のところ脇仏《わきぶつ》までも修復し、咎《とが》めの追放となる僧侶を出す寺だ。反骨心も並ではない。源粋もそれを守っている。

勝手に寺子屋を開いた。村人達も心得ている。手習いではなく、子供は寺で遊んでいるだけと…これなら咎めは無い。

和尚だけではない、村人達にも反骨心は有るし、どっこい知恵も有る。あれこれと裏技《うらわざ》も考える。少しは楽しみもなしたい、それが人の情というもの…。

その一つが『備前のばら寿司』。百姓は食べるものまで規制されている。寿司と言っても許されているのは、酢飯《すめし》に干瓢《かんぴょう》・人参《にんじん》・椎茸《しいたけ》・牛蒡《ごぼう》などの野菜を刻んだものを混ぜ、バラバラに散らした質素《しっそ》なものだ。

だが村人は、寿司桶《すしおけ》の底にしっかりと御禁制《ごきんせい》の酢魚・焼き魚・卵焼き・高野豆腐・そして彩《いろど》りに山菜野菜も色鮮《いろあざ》やかに敷《し》き詰《つ》め、その上に御定法《ごじょうほう》の質素なバラした寿司飯を載《の》せた。

これなら役人に見られても咎めは無い。役人が村から去れば、村人はこの寿司桶をひっくり返し、彼らにすれば豪華なご馳走を眼で楽しみ舌でも楽しんだ。

娯楽と言っても何も無い。酒やお茶さえ買う事を禁じられている。茶は茶の木を植え、葉を摘《つ》んで煎《い》る。酒は屑米《くずまい》を醗酵《はっこう》させて濁酒《どぶろく》を作る。

芸人を呼ぶ事も禁じられた。村に遣《や》って来る商人や旅人を、名主や少し余裕の有る組頭が宿代わりに家に泊め、近隣の者を寄り合いと称して呼び集め、旅先の風景風情《ふうけいふぜい》の珍しい話などを聞かせて貰うのが何よりの娯楽という状態だった。

しかしこんな事も細《ささ》やかな抵抗でしかない。役人達の前では従順な態度で小さく畏《かしこ》まっていなければならない、それが口惜《くや》しい。

こんな生活を強いられている百姓衆を少しでも救って遣《や》りたい。せめて気持ちだけでも楽にさせて遣りたいと願う。仏教は元々、この世の救済の為にある。切支丹《キリシタン》も同じ、そこに自分の救いを見出したからこそ伴天連《バテレン》を信じたのだろう。

あの世の極楽浄土《ごくらくじょうど》は仏様が約束して下さる。僧侶《そうりょ》は御仏《みほとけ》のご加護《かご》の下《もと》、現世利益《げんせりやく》に力を尽くさねばならない…。源粋の思いはそこに在った。事《こと》有る毎《ごと》に御仏の慈悲《じひ》を説《と》く、そして…祈《いの》れ…縋《すが》れ…と、大人にも子供にも。

噂が流れ、役人の耳にも届き咎《とが》めを受けようとも…それが己の務《つと》めだと。寺を追放されようとも、否《いや》、そうされる事を仕《し》てこそ……。その一つが寺子屋の復活だった。

光政にも反する贅沢三昧《ぜいたくざんまい》に耽《ふけ》る藩主治政《はるまさ》が、何を思ってか光政《みつまさ》の真似《まね》をして郷学《ごうがく》の閑谷学《しずたに》校を手習所として再興《さいこう》してみたものの、通う百姓は近郷《きんごう》の名主か副業で財《ざい》を成した分限者《ぶげんしゃ》(金持ち)の倅《せがれ》だけ。貧乏《びんぼう》百姓には以前と変わらず何の縁《えん》もない事だった。

こんな思いを法円にも受け継いで欲しい。だがこの体《てい》たらく。何とも情けない……。

そんな法円が唯一《ゆいいつ》身を入れる修行が食事の修行だ。一杯の玄米飯《げんまいめし》に一汁一菜《いちじゅういっさい》だけの粗食《そしょく》に耐える。殺生禁断《せっしょうきんだん》の教えから鳥獣魚《ちょうじゅうぎょ》は食べない。この修行は食事を作るところから始まっている。しかし、法円が精を出すのは撮《つま》み食いの為《ため》。

＝煮《に》えたかどうか確かめとりましたァ＝

＝どげーな味付けか調《しら》びょーりましたァ＝

「そげーな事は、お前がせんでも良《え》ぇ。私《わし》がするッ」

幾《いく》ら早雲《そううん》が叱《しか》っても、時には杓子《しゃくし》で頭を叩《たた》いても、隙在《すきあ》らば撮《つま》み食いを繰り返す。鼬《いたち》ごっこになるが、執念《しゅうねん》に勝《まさ》る法円が勝つ。

この執念を他の修行に回せばと思うが…それは無い…まったく。

食べさせていない訳ではないのに。それどころか大人並《おとななみ》の量《りょう》を与えていた。子供並ではとても承知しない。食べ終わっても未《ま》だ、この世の不幸が此処《ここ》にあるといった辛《つら》そうな顔で和尚や早雲の顔を見る。

修行じゃと諭《さと》すと、掃除《そうじ》を投げ出して、山や野を駆《か》け回って菜《な》や果実《かじつ》を食らう。檀家《だんか》の衆《しゅう》が、食わしとらんのかと在《あ》らぬ疑《うたが》いを掛けてくる。育ち盛りといえば、それもそう…だが…。幾らなんでも……。

早雲が、『大喰《おおぐ》らいの法円』と源粋の目の前で罵倒《ばとう》しても、コレコレ、とも諌めず、源粋和尚も黙認・放認《ほうにん》した。

＝仕方がない。修行じゃ、修行じゃ＝

その後、自分が捨てられたのは、大喰《おおぐ》らいの所為《せい》じゃと法円は思った。大喰《おおぐ》らいを止《や》めれば、親が許《ゆる》して連れ戻しに来てくれるかも知れんと。法円は食べるのを餓慢《がまん》した。夜は餓《ひも》じくて眠れない。昼は腹の虫が騒《さわ》いで修行に身が入らない。法円は仏様にお願いした。

「大喰らいを治《なお》して下《くだ》せぇ。お願いします…」

毎日、毎日。何度も、何度も。

なのに、その願いは聞き届けられなかった。

法円は、和尚に打ち明けた。

「仏様にお願いしても、大喰らいが、どねーしても治りゃーしません。どねぇーすりゃーええんじゃろうかぁ？」

それを聞いた和尚は、一頻《ひとしき》り大声を上げて笑った後、こう言った。

「法円。仏様はお前の大喰らいを許して遣《つこ》うさっとるんじゃ。気にせずに仰山《ぎょうさん》食うたら良《え》ぇんじゃ。ハハハハハッ」

また一頻《ひとしき》り大声で笑いながら和尚は背を向けて去った。

流石《さすが》に不作の時などには、和尚も渋《しぶ》い顔をし、法円も少し済まなさそうな顔を返しているが、大喰らいは続いている。

源粋は人の居ない所でそっとこう呟《つぶや》く。

「法円……お前は私《わし》の子じゃ…」

和尚には子が無い。しかし何故か親としての気持ちが解《わ》かる様な気がする…法円を見ていると…。慈《いつく》しんでやりたい、馬鹿な法円が可愛《かわい》くて仕方がない…。

# 10

# 瀬戸《せと》の峠《とうげ》

漁師が売り物にならない小魚を安値で売ってくれる。豊漁の時などは勝手に持って帰れと只《ただ》でくれる事もある。小魚の頭と腸臓《はらわた》を除いて擂《す》り身《み》にし、炭火で焼いたり油で揚げた団子を茶店に出した。老夫婦はこんな物はと顔を顰《しか》めたが…。

日生《ひなせ》のような浜の地では日常のおかずに過ぎないから珍しくも無いのだろうが、敬次郎もゆきも海から遠い処で育った。生きた魚と言えば川魚しか知らない。海の魚と言えば、干物《ひもの》か塩物《しおもの》しか食べた事が無い。活魚の煮物・焼き物・揚げ物の旨さを初めて知った。浜の者が一番美味《うま》いという刺身《さしみ》は未だ何とも生臭《なまぐさ》くて喉《のど》を通らない。

この擂《す》り身《み》の団子は、敬次郎にもゆきにも美味《おい》しく食べられる。峠の茶屋に立ち寄る客は浜育ちの人達ばかりではない、山育ちの客の口にもこれなら合う。食べ易いし小腹の足しにもなる。二人の思いは当たった。後にこれが峠の茶屋の名物になった。

寺での料理の修業が役《やく》に立つ。切る・煮《に》る・炊《た》く・蒸《む》す・焼くも一通りは出来る。寺にも畑が在《あ》った。ゆき程には上手《じょうず》ではないが、真似《まね》事くらいなら鍬《くわ》も鋤《すき》も使える。

どうにもならなかったのは魚の料理。これはゆきも苦手な様で、気味悪がって最初は触《さわ》れもしなかった。敬次郎も捌《さば》いた事は無い。寺では殺生禁断だから魚料理の必要は無い。だから早雲《そううん》さんも教えてはくれなかった。

源粋《げんすい》和尚だけは何故だか魚が捌けた。村人の話だと鯉《こい》と鰻《うなぎ》は上手なんだと。鯉は冬に、鰻は夏に、酒と一緒に食《しょく》すると滋養《じよう》にとても良いらしく……。敬次郎も一度だけ鰻を捌くのを見た事がある。初めの包丁で腹を開き、次の包丁を背骨に乗せて引くとジジジジーと軽《かろ》やかな音を立ててもう一方の身が開かれて行く。三度目の包丁で背骨だけが薄く外される。まるで芸術の様な見事な技だった…。天賦《てんぷ》の才《さい》を与えられたにせよ、幾《い》か程《ほど》の鰻を捌いた後、あの域に達したものか？　鰻に南無《なむ》……。

魚料理は老夫婦に一《いち》から教わっている。敬次郎は八塔寺と正楽寺に暮らしの目途が立ったと手紙を書いた。

ゆきが字を覚えたいと言う。茶屋のお品書きくらいは読めて書ける様になりたいし、これから先、品物の買い付けにしても商人との付き合いからも必要になるからと。

敬次郎は弘法大師の作った「いろは歌」から始めた。

『いろはにほへとちりぬるを
わかよたれそつねならむ
うゐのおくやまけふこえて

あさきゆめみしゑひもせす』

色は匂《にお》へど散りぬるを　諸《しょ》行《ぎょう》無《む》常《じょう》
我が世誰ぞ常ならむ　是《ぜ》消《しょう》滅《めっ》法《ほう》
有為《うい》の奥山今日越えて　生《しょう》滅《めつ》滅《めつ》已《い》
浅き夢見じ酔《よ》いもせず　寂《じゃく》滅《めつ》為《い》楽《らく》

これは『涅槃経《ねはんきょう》』の「諸行無常偈《しょぎょうむじょうげ》」で人の世の儚《はかな》さや執着《しゅうちゃく》（欲望）の無意味さを現し、弘法大師がそれを解《わ》かり易《やす》く解き明かしたものだという。敬次郎も仏門に入って初めて知った謂《いわ》れだった。八塔寺《はっとうじ》の葬儀《そうぎ》の四本旗《しほんばた》にもこれを書く。

ゆきは驚く程に物覚えがいい。一度教えた事をついうっかり間違えて言ったりすると必ず問い返してくる。敬次郎も気が抜けない。

ゆきに教えた最初の漢字は名前だ。八塔寺の人別帖《にんべつちょう》には平仮名で「ゆき」と記《しる》されていた。敬次郎は正楽寺請《う》けになった時、漢字で「由紀《ゆき》」と書いた。その字をゆきに教える。初めは途惑《とまど》っていたが、何度か書くうちに直ぐに覚えた。品書きを覚え、商人に渡す注文書の文字も覚えた…店周りの事は、間もなく出来る様になった。

小魚を捌《さば》くのに使う細身の包丁が調理棚の奥から落ちた。足許にある桶《おけ》や簀桶《そおけ》（笊《ざる》）を避《よ》けて棚の下に潜り込む。暗くて狭《せま》い…膝《ひざ》を撞《つ》き頭も下げ這《は》い蹲《つくば》って捜す。棚の下の開き戸が邪魔になって手が届かない。腹這《はらば》いになり顔を地面に擦《す》り着けて手で探った…やっと掴《つか》んだ。

敬次郎は棚の前に座り込んだままフーッと大きな溜息《ためいき》を吐《つ》いた。

そこに加平が遣《や》って来た。敬次郎の顔も膝も泥だらけだった。加平には噴出し笑いをされた上に「敬次郎はん、そがいにらっしょがないなって（そんなに汚くなって）土下座の稽古でもしょってかぁ？」と茶化《ちゃか》された。

敬次郎は手で顔を拭《ぬぐ》った。ボロボロと土くれが落ちる。鏡に映《うつ》せばきっと泥まみれの顔なのだろう。鏡など無いから丁度いい。由紀に見られないうちに顔を洗ってしまおう。洗った後の盥《たらい》の底には濁《にご》った泥が漂い敬次郎の顔を薄汚《うすぎたな》く映《うつ》した。これが今の自分なのだと納得しようとした…が…未《いま》だに自分の中にそれを受け入れたくない気持ちが残っているのに気付く。

『未練か？　一体、何の未練なんじゃろう？』

敬次郎にも判《わか》らない。

「何じゃーこのお茶はー、淹《い》れ直して来い」

振り向きざま、湯飲みのお茶を顔にかけられた。身を躱《かわ》す間も無かった。咄嗟《とっさ》に店先に立てかけてあった戸口の突っ支《つっか》い棒《ぼう》を掴《つか》んで身を返す。目の前に由紀《ゆき》が立っていた。由紀は自分が悪い事をしてそれを詫《わ》びるような顔をしている。その顔を横に振り、餓慢して下さいと懸命に敬次郎に頼んでいる。

敬次郎が身を震わせながらも頷くと、由紀は後ろに回り背中を押して店の板場に連れ戻した。表に戻り、渡世人崩《とせいにんくず》れの男に頭を下げて謝り、お茶を淹れ直す。

敬次郎は自分の置かれている立場にまだ途惑っていた。本当の庶民《しょみん》になる為に味あわされる辛苦《しんく》が此処にあった。侍だった頃には、町人や農民に頭を下げた事も文句を言われた事も無い。僧侶の時も、村人からは敬意の目で見られ丁重《ていちょう》に扱《あつか》われた。それが今は違う。誰もが遠慮なく、時には悪意を持って接してくる。

峠の茶屋とはいえ、今の敬次郎は商人《あきんど》になっている。身分の順からいっても士農工商の一番低い所に居る。頭で解かっていても気持ちが受け入れない。理不尽《りふじん》な事や無理な事を言われたり為《さ》れたりすると、ついつい侍に戻《もど》る…。相手に対して暴れたりはしないが、怒りが顔や態度に出る。その都度《つど》、老夫婦や由紀が執り成《とな》しに入る…。

その後《あと》、由紀は敬次郎を引いて店の裏に行き、土下座をして謝る。

「…敬次郎様〜ッ…済みませんッ…こげぇな辛い思いをさせてしもうて…」

悲しむ由紀を見るともっと辛く悲しい気持ちになり、自分の愚《おろ》かさが悔《く》やまれる。侍に生まれた事を今更《いまさら》のように怨《うら》んだ。僧侶になる修行よりも、侍を捨てる修行の方が何倍も難しいのだと痛感《つうかん》する。

八塔寺の百姓衆の暮らしを見て、その苦渋《くじゅう》は解かっていた心算《つもり》だった。それはただの傍観《ぼうかん》者《しゃ》の立場でしかなかったのだと思い知らされる。当事者《とうじしゃ》にならなければ、本当の辛苦《しんく》の苦汁《くじゅう》の味は解《わ》からないのだと…。

老夫婦はハラハラとしながらも決して敬次郎に文句も小言《こごと》も言わない。敬次郎の優しさも真面目さも良く解かっている…そして元はお侍だった事も…。侍の習い性はなかなか抜けるものではなかろう、時に任せて少しずつ慣れて忘れて行って貰《もら》う外ない。

敬次郎には板場を任せ、なるべく表には出なくて済むように気を配っていたが、今日は加平の足が痛み、まつが介抱《かいほう》に当たって、茶屋は由紀と二人だった。客が混《こ》むと敬次郎も表に出た。

手を執《と》り由紀を立ち上がらせて詫《わ》びた。

「済まんのは私の方じゃ、未だ捨て切れとらん…フゥーッ。…フフフッ。」

敬次郎は無理に笑顔を作った。由紀も笑顔を作って返した。

『これかァ…これじゃったんか…』

敬次郎はやっと未練の正体を知った。三つ子の魂、百までと言うが…。忘れた心算《つもり》だった、捨てた心算《つもり》だった…なのに。体にしっかりと染《し》み込んでいた。侍の習《なら》い性《じょう》が…。知らず知らずのうちに…自分は庶民とは異《ちが》うのだと…教え込まれていたのだ。

どうすれば良《い》いのだろう？ どうすれば自分は由紀や老夫婦と同じに成れるのだろう？何時になったらこの習い性が抜けるのか…？

敬次郎は塩を買いに赤穂《あこう》に向かった。塩は日生《ひなせ》の店にも有るが一度、赤穂の城下を見たかった。塩田で栄える裕福な街だと聞く。福浦《ふくら》の峠を越えて山裾《やますそ》を曲がると東に広大に続く塩田が見えた。浜から吹き上げて来る風は日生の風よりもっと濃い塩の香りを載《の》せている。

城下に入ると壮大な城郭《じょうかく》が眼に入った。森家二万石の城だ。敬次郎が育った津山藩は、山中一揆《さんちゅういっき》の後、藩主松平浅五郎《まつだいらあさごろう》の十五歳での早逝《そうせい》もあって五万石に減らされてはいたが、元は森家十八万石の城だ。それにも劣らない。否、それ以上に見える。

津山は山の中、冬になれば雪に閉ざされる。赤穂は冬でも殆ど雪が降らないと言う。陽の光が眩《まばゆ》く活気が在る。

妙な縁だと敬次郎は思う。津山藩は元、この赤穂藩主の先祖で、本能寺《ほんのうじ》の変《へん》で果てた森蘭丸《もりらんまる》の弟の森忠正《ただまさ》が初代藩主だった。五代衆利《あつとし》が発狂した為に召し上げとなり松平家になった。赤穂藩は初め備前岡山藩主と同じ池田家が治め、次の浅野家は刃傷沙汰《にんじょうざた》を起こした内匠頭長矩《たくみのかみながのり》で断絶となり、永井家の五年余りの入城の後、元津山藩主だった森長継《ながつぐ》が立藩《りっぱん》していた二万石の西江原《にしえばら》藩から引き継がれた。

浅野家五万三千石は「赤穂塩《あこうじお》」と呼ばれる特産品の財力を注ぎ込み十三年をかけて城と町を築き直した。石高《こくだか》を遥《はる》かに凌《しの》ぐ壮大さだ。

漆喰《しっくい》を塗《ぬ》った大きな商家が並ぶその中を、塩の小売の店を捜《さが》して歩く。街中を行《い》き交《か》う人の動きが慌《あわただ》しくなった。道の端に寄って膝《ひざ》を折る。その視線の先に行列が在った。お殿様だという。

『殿』と聞くと、敬次郎は直ぐに畏《かしこ》まっていた。これも習い性…。町人や百姓達の真似《まね》をして頭を地面に着けた。

小石が額《ひたい》に食い込んで痛い…。じっと行列が通り過ぎるのを待つ。足音は徐《ゆ》っくりと何時までも続く。さっさと歩けば良いものを勿体振《もったいぶ》って腹が立つ。やっと終わったらしい、周りの者達の立ち上がる音がする。敬次郎も頭を上げ立ち上がった。

周りの者の顔を見た。何事も無かった様な顔をしている。町人などは客に頭を下げる方が余程気を使うといった様子だ。それに加えて気付いた事は、誰の額《ひたい》も汚《よご》れていない…。逆に、汚れている敬次郎の顔を見て何もそこ迄《まで》しなくてもと笑っている。

両手の上に頭を載せて汚れなくしているのだと教えてくれる。

側の商人が言った。

「そこまで頭を下げぃでも良《よ》ろしぃで…お侍や言うたかて、そないに偉いもんや御座《おま》へんがな。何が在《あ》るか判《わか》かりまへんでぇ…あの浅野はんが良《え》ぇ例や。あない成《な》ったら、お侍なんて惨《みじ》めなもんやぁ、何ぁーんも出来《でき》しまへん。路頭《ろとう》に迷《まよ》うか、腹を切るしか御座《おま》へんにや…本真《ほんま》、可哀相《かわいそう》に…侍やなんてぇ…。」

敬次郎の体の中でモヤモヤと燻《くすぶ》っていた煙が、サーッと流れ出た気がした。

敬次郎が学んだ剣術の理方一流《りかたいちりゅう》の教えの中にも「侍も刀差《かたなさ》さぬ時は、侍とは言わず」と有った。侍の重さは、腰に差した鉄の重さでしかない。何と軽いことか……。

＝それ位の者なんじゃ、侍と言うのは…馬鹿馬鹿しい＝

「ハハハハッ…そうじゃな。その通りじゃ…ハハハハーッ」

吹っ切れた笑いが込み上げた。それからの敬次郎は段々と人に頭を下げる事を厭《いと》わなくなって行った。

由紀《ゆき》は今でも他人の居ない所では「敬次郎様」と呼ぶ。「夕餉《ゆうげ》の仕度が出来ました、敬次郎様」「済みませんが水を汲《く》んで下せェ、敬次郎様」

その度に、もう止《よ》せと言うのに…直《なお》らない。

店にやって来る旅人や商い人に、＝本真《ほんま》の夫婦か？＝と、疑われる様になって、やっと茶店や人前では「敬次郎様」のところを口に出さなくなった。「お団子一皿です○○○○」と、声を消す。

いつの日か、この日生《ひなせ》の女将《おかみ》達の様に「お父《と》う！　おんしゃー、もっちいとばぁー、働きないッ。」と、叫《いが》られだしたら本物の夫婦になれるのだろうが…。そうなったら何か怖《こわ》い気もする…このままでも良《い》いかなとも…思う。

港の女衆《おんなしゅう》は強い。男衆《おとこしゅう》は漁が終わると酒と博打《ばくち》に耽《ふけ》る。獲《と》った魚《いよ》を捌《さば》く（料理し売る）のも家を切り盛りするのも全て女衆…当然強くなる。

由紀は「敬次郎様」と呼ぶのを止《や》める心算《つもり》は無い。一生《いっしょう》、呼び続ける。由紀にとって敬次郎は『お内裏様《だいりさま》』であり『お侍様』であり窮地《きゅうち》から救ってくれた『仏様』であり理想の『夫』でもある。

「敬次郎様」と呼び続ける事で、その憧《あこが》れや慕情《ぼじょう》を何時までも熱く抱き続け、幸せで居られるのだと懐《おも》っている。


敬次郎から蕃山《しげやま》の正楽寺《しょうらくじ》を経由して八塔寺《はっとうじ》の宝寿院《ほうじゅいん》と明王院《みょうおういん》に手紙が届いた。子が出来たと…女の子で名は『真由《まゆ》』と名付けたと。

源粋《げんすい》は、この事を津山《つやま》の浅右衛門《あそうえもん》に伝えた。浅右衛門《あそうえもん》は敬次郎の事を兄の清市郎《せいいちろう》に話す時が来たと思った。

「敬次郎が還俗《げんぞく》をしとって、それに子が出来た…」

浅右衛門《あそうえもん》は行き成り、結末から切り出した。

清市郎と幸絵《さちえ》は意味を理解し切れないのか、どう受け止めたら良いものかと迷っているのか…まるで呆《ほう》けている様に、横を向いたり下を見たり、天井を見上げたりと、暫く掴《つか》み所を失っている様だった。

「その子の名は？」

先に現実を受け止めたのは母の幸絵だった。幸絵は女であり母だ…子と聞くと母性が先に動き出す。父親の清市郎は対面からしか物事を考えられないし、子の幸せより家の安泰《あんたい》の方が優先する。還俗とは？…　その先どうなるのか？…。

「真由《まゆ》…女の子…そうなぁ…敬次郎の…子ォ…可愛いじゃろうなぁ……」

幸絵はすっかり敬次郎の母に、そして真由の祖母になって、孫娘の姿を思い浮かべて喜んでいる。

「敬次郎の子ォ…私達の孫ですがぁ…」

身を揺《ゆ》らし小躍《こおど》りして喜んでいる幸絵の姿を見て、清市郎もやっと喜んでも好いのかと思える様になった。清市郎は浅右衛門の顔を見た…しっかりと浅右衛門は頷いた。

「兄様、先方は、あれ以来《いらい》何も言うては来《き》ちゃーおらん…。新之助の家には報《しら》せんでも良《え》えじゃろうが…もし何《なん》かで知《し》られても、敬次郎が此処《ここ》に帰って来《こ》ん限り、事を荒立てもせんじゃろう…蒸《む》し返《かえ》しても不名誉なだけじゃ。それに敬次郎は還俗したが、もう侍じゃーありゃーせんから」

そう聞いて落ち着いた清市郎の様子を見て浅右衛門は、これまでの経緯を知っている限り詳しく二人に話した。

幸絵は早速、真由の着物を縫い、二通の手紙を書いて寺を通して敬次郎に送った。由紀宛には、敬次郎の嫁として認め、敬次郎と孫の真由の事を宜しくと書いた。

清市郎は、八塔寺と蕃山の和尚に、此の度の御礼を浅右衛門の返礼に添えて書き送った。

＝数年が過ぎた＝

法円は明王院の朝のお勤《つと》めの後、敬次郎からの手紙を思い起こしていた。子が出来たのだと言う。女の子だと。もうだいぶん大きくなっただろう……。

敬次郎と由紀にしっかりと手を引かれて峠の道を行く幼子《おさなご》の姿が浮かんだ…。その内、娘の姿に自分の姿が重なった。自分の姿は娘とは異なり惨《みじ》めな姿だ。喚《わめ》きながら懸命に親に願いを訴《うった》えている。

「もう帰ろうやァー…家《うち》へ帰ろうやァー〜…。何処《どけ》ェー連れて行くんならぁ〜〜？　私《うら》をー〜…？」

周りが白く霞《かす》んで意識も朧気《おぼろげ》になった。気が付くと引かれていた筈《はず》の手は離れ、親達の姿も無く、寺の境内《けいだい》に置き去りにされていた。気が狂いそうになるのを必死に怺《こら》え、泣きながら喚《わめ》きながら、寺の境内《けいだい》や境外《けいがい》を走り廻っている……蹴躓《けつまず》いても転んでも痛みを感じる余裕も無く…。

滾《たぎ》る程の熱いものが、胸の奥底から噴き出して来るのを感じる。それが迸《ほとばし》って視界を遮《さえぎ》る。子を背負った女が男に手を引かれて行く姿が山道の途中に歪《ゆが》んで揺《ゆ》れる…その姿もすぐに薄暗い夕闇の中に遠く消えて行った。

法円は心の中で叫んだ。何度も………。

『私《わ》しゃー、仏様の子じゃーー〜！。人の親なんぞ居《お》りゃーせんのじゃーーー〜〜！。』

その叫びは、宝寿院の縁側に座っていた源粋と早雲の耳にもはっきりと聞こえた。心の叫びの筈が、明王院の仏像を揺るがせるかと思う程の大声になっていた。

滾《たぎ》る熱いものは、法円の膝の上の両手に次々と流れ落ちた。その両手には火傷の跡の痣《あざ》と引《ひ》き攣《つ》れが未《ま》だしっかりと残っている。法円は困惑《こんわく》した。滾る熱いものが自分の流す涙だと知った時…。

捨てた筈だった…人の心など。自分は人の子ではなく仏様の子なのだと…言い聞かせ…何時の間にか、自分でもそう思い込んでいた。

口惜《くや》しい、憎《にく》い…人の心が残っている自分の未練が…未熟さが…。

涙は渇《か》れた筈だった。浅はかで身勝手で冷酷無残な親達などに…人間などに…流す涙など無い筈だった…。事実、法円は泣かなくなっていた…と言うより、泣けなくなっていた…涙が涸《か》れてしまった様に。

涙が乾くまで法円は惚《ぼ》んやりとしていた。次第にある思いが募《つの》ってきた。

＝何でか知らんが、敬順とゆきの幸せだきゃー祈っちゃりてぇー…その理由《わき》ゃー、自分でも良《よ》ー解からんが…＝

法円は仏様に祈る様にこう呟《つぶや》いた。

「お前等《めえら》は、絶対《ぜってえ》に幸せになるんじゃぞォ。しゃーけどなぁ、何《ど》っ処《か》で必ず苦しい時も来るじゃろう…。頼むぞぉー、敬順、ゆきぃー…子供だきゃー、どげぇな事が在《あ》っても捨てたりせんでくれーよォーー……」

法円はやっと解かった。自分を真由に重ねているのだと。真由には絶対に幸せになって欲しい。その為にも敬順とゆきは幸せでなきゃーならんのだと……。

親が不幸だと、子も不幸になる…。

三人連れ添《つそ》って坂を、峠の茶屋に向かって上って行く道で敬次郎は今思う。由紀は幸せを求め続ける事で、世間で習《なら》わしの運命《さだめ》に抗《あらが》い、希望の持てる運命を得た。由紀を救ってやりたい懐《おも》いが、山深い寺の僧侶で終わる運命に抗わせ、世俗《せぞく》の頃に願っていた凡庸《ぼんよう》で慎《つつ》ましやかな暮らしに自分を向かわせてくれた。今を諦《あきら》めず、抗えば、抗った別の運命が開かれるものだと。

節はどうしているのだろう？　時折《ときおり》届く叔父《おじ》の浅右衛門からの便りにも何も書かれていない。自分への気遣いか？　それとも、忘れて終《しま》い二度と関わるなとの忠告なのか…。

何《いず》れにせよ、気立ての良い節の事だ、娶《めと》られて幸せに暮らしている事だろう。

新之助については短く『健在《けんざい》ニ付キ、心配無用』と記《しる》されていた。今頃どうしているのか？　あの傷は、兄弟の剣術稽古中《けいこちゅう》の怪我《けが》で受理されたものの、敬次郎が出家する頃には既に事実が噂話として流れ始めていた。

新之助が幾ら望んでも、節は拒《こば》み、もはや新之助も諦めてしまっている筈だ。見栄っ張りだったから、人に顔の傷を見られるのを嫌い、蟄居《ちっきょ》して薄暗い小部屋に陰々鬱々《いんいんうつうつ》と籠《こ》もっていたりして……。伝えられるものなら伝えたい。

『今の運命に抗えば、異なる別の運命に生きられる』のだと…。＝

瀬戸の朝、茶屋の峠を上る時。凪《な》いだ海には、小さな風の漣《なみ》が立ち、家島《えじま》諸島から昇る陽を浴びて白銀色《しろがねいろ》に輝曄《きよう》し。

瀬戸の夕、茶屋の峠を下る時。凪いだ海は、大きな広い湖《うみ》になり鶴海《つるみ》の山に落ちる陽の黄金色《こがねいろ》に染められて、島も港も燦爛《さんらん》す。

まるで此の世の浄土の様に…

順情救嬢難　情《じょう》に順《したが》いて　嬢《むすめ》の難《なん》を救《すく》い
抗命出郷関　命《めい》に抗《あらが》いて　郷関《きょうかん》を出《い》ずる
陟峠眺瀬戸　峠《とうげ》を陟《のぼ》り　瀬戸《せと》を眺《のぞ》めば
映凪輝燦漪　凪《なぎ》に映《は》ゆる　輝燦《きさん》の漪《さざなみ》

今、海は銀色に輝いている。

敬次郎と由紀と真由の三人は、その光に抱かれて、瀬戸の峠を上って行く。

完

## 著者紹介

村上　輝行（むらかみ・てるゆき）

一九五一年岡山県備前市生まれ。

日本電子専門学校卒業後、住友金属工業㈱ほかシステム開発エンジニアのかたわら、二束（二足）三文の作家活動を始める。

退職後、一文半文士となり、「身の丈通りに生きたらええやん」を心情に、ごく普通で少し個性を持った人物を主人公として、読み終わって、気持ちがほんのりと温かくなるような作品を書きたいと作家活動に入る。好きな作家は、五木寛之、浅田次郎。

著書に、『備前国物語』（吉備人出版）、『退屈凌ぎに』『冥土情話』（ペンネーム：伊達酔狂 Amazon 電子書籍）など。

化粧坂情話《けわいざかじょうわ》

二〇一九年七月二〇日　発行

著　者　村上輝行
発行者　吉備人出版
〒七〇〇-〇八二三
岡山市北区丸の内二丁目一一―二二
電　話〇八六（二三五）三四五六
FAX〇八六（二三四）三二一〇
ホームページ　www.kibito.co.jp/
メール　books@kibito.co.jp

印　刷　株式会社三門印刷所
製　本　株式会社岡山みどり製本



ISBN978-4-86069-577-4　C0093